초면이지만, 실례하겠습니다

초면이지만, 실례하겠습니다

김국화
김한솔
박정인
센
손소연
이유경
이윤주
장윤정

들어가며

"어, 음, 안녕하세요. 저는……."

한 해를 마무리 짓는 매듭 달의 어느 날이었어요. 헐벗은 나뭇가지에 드문드문 매달린 나뭇잎들 사이로 찬 바람이 쌩쌩 오가던 그런 날이었죠. 우리는 모두 초면이었습니다. 어떤 말로 자신을 소개하면 멋들어진 첫인상을 남길 수 있을지 고민하고 또 고민했어요. 그렇게 쭈뼛쭈뼛 나눈 우리의 소개엔 사뭇 다른 저마다의 인생이 묻어 있었습니다. 희로애락이 다채로워서 유난히 빛나던 여덟 가지의 삶이었죠. 서로의 이야기로 차츰 가까워진 우리는 우연히 만난 이곳에서 그렇게 하나가 되었습니다.

진심 어린 이야기들이 담긴 책 한 권을 완성한다는 건 생각보다 힘든 일이었어요. 모두가 책을 쓰는 일과도 초면이었기 때문입니다. 하고 싶은 이야기를 각자의 장르에 맞춰 읽기 쉽게 풀어내는 모든 과정이 그저 낯설 수밖에요. 장르도, 내용도 다양한 우리의 이야기들을 서툴지만 솔직하게, 그리고 담담하게 읊조려보았습니다.

이런 이유로 우리의 이야기 속에는 여덟 명의 생각과 감정, 경험들이 고스란히 스며들어 있습니다. 모두가 한 편의 글을 완성하기 위해 '나'를 세심히 들여다봤어요. 참 놀라운 건요. 우리는 나 자신과도 초면이었습니다. 단 한 번도 깊이 들여다보지 못했던 나 자신과 정면으로 마주하는 데는 큰 용기가 필요했어요. 혼자서는 힘들었을 테지만, 더욱 담력 있게 내면에 다가갈 수 있도록 끝까지 함께했기에 가능했습니다.

글을 쓰는 동안 이렇듯 수많은 초면과 맞닥뜨린 우리는 또 다른 초면의 만남을 준비하고 있습니다. 바로 지금, 책을 읽고 계신 여러분과의 만남입니다. 얼마나 귀중한 만남이 될지 이미 알고 있기에 이토록 설레는 걸까요. 처음이라는 낯섦과 어색함의 감정이 무색할 만큼 가슴이 벅차오릅니다.

끝으로 모든 초면에 조심스레 다가서는 우리의 여정을 함께하며 나침반이 되어주신 현해원 작가님께 이 글을 빌려 감사의 말씀 드립니다.

함께 달려온 모든 순간이 황홀한 도전이었습니다.

일상 속 각양각색의 초면과 용기 있게 마주하여 또 한 번의 멋진 하루를 살아내실 여러분을 진심으로 응원합니다.

- 공동저자 中 장윤정

차 례

노래 하나만

김한솔

그림 박민아

김한솔 인생이 뮤지컬이라고 생각한다. 힘든 일이 있어도 다음 장면으로 넘어가면 주인공에게 좋은 일이 일어나리라 믿으며 살고 있다. 외로움을 잘 타지만 혼자 있는 걸 좋아하고, ENFP지만 집순이이다. 곱창에 와인 마시는 걸 좋아하고, 사랑에 빠질 때마다 '이터널 선샤인'을 본다. 작업에 집중하기 위해 독립을 했고, 각종 다양한 층간소음으로 고통을 받고 있으나 이걸 이야기 소재로 쓰면서 참고 있다.

밤 11시. 어김없이 또 시작이다. 알람이라도 맞춘 듯 이웃집 남자는 노래를 시작했다. 오늘은 윤종신 메들리인가 보다. '너에게 간다'를 시작으로 '좋니'까지 이어지는 노래는 새벽 2시가 되어서야 끝이 났다. 남자친구가 그리웠다. 그가 한국에 있었다면 이웃집 남자를 찾아가 음정과 박자도 맞지 않는 노래 좀 작작 부르라고 해줬을 텐데…

  그와 내가 처음 연애를 시작할 때 나는 극작가 지망생이었고, 그는 실리콘밸리를 꿈꾸는 개발자였다. 그때 당시 그가 다니고 있던 회사도 꽤 좋은 회사였지만 현실에 안주하지 않고 계속해서 꿈을 꾸는 모습이 멋있었다. 그도 내가 멋있다고 했다. 카페 아르바이트를 하면서 매일 몇 글자라도 적어내는 내 모습이 자신과 닮아서 참 좋다고 했다. 그렇게 어딘가 닮은 우리는 연애를 시작했고, 연애 3년 만에 그는 이직에 성공하게 되었다. 그가 꿈의 기업에 합격하자마자 프러포즈를 했지만 난 거절할 수밖에 없었다. 입봉도 하지 않은 채 한국을 떠나면 작가라는 꿈에서 영영 멀어질 것만 같았기 때문이다. 결국 우리는 내가 입봉만 하면 결혼하기로 약속하고 롱디 커플이 되었다.

그가 미국으로 떠나고, 좀 더 작업에 집중하기 위해 본가에서 나와 독립하기로 했다. 기왕이면 극장이 많은 대학로 근처에서 살고 싶었다. 그러면 왠지 입봉을 할 수 있을 것만 같은 기분이 들었기 때문이다. 혜화부터 한성대 입구, 성신여대까지 집을 보았지만, 보증금 1,000만 원에 월세 40만 원으로는 오피스텔이라고 불리지만 사실은 고시원인 곳밖에 없었다. 어쩔 수 없이 4호선 위로 올라가다 보니 살면서 한 번도 와본 적 없는 수유역까지 오게 되었다.

부동산 아줌마는 내 예산에 맞는 집부터 내 형편으로는 무리인 신축 복층 집까지 다양하게 보여주었다. 모든 집 사진을 꼼꼼하게 찍었고, 남자친구에게 사진을 전송했다. 스무 살 때부터 독립해서 살아서 자취 경험이 많은 그의 의견이 필요했기 때문이었다. 내 형편에 맞는 집 후보들 사진을 다 보냈는데 그의 반응이 시큰둥했다. 다른 집은 없냐는 말에 울적한 목소리로 대답했다.

"있는데 보증금 3,000만 원에 월세 50만 원이야."

그래도 우선 한번 보내보라는 그의 말에 부동산 아줌마가 제일 마지막으로 보여준 신축 복층 오피스텔 사진들을 보내줬다. 그런데 그의 반응이 이전과는 확연하게 달랐다. 샤워부스가 있어서 호텔 같다느니 수납할 수 있는 공간이 많아서 좋다느니 신축 복층 집에 대한 좋은 평가가 이어졌다. 그러곤 마지막으로 한 마디를 덧붙였다.

"너 복층 로망 있잖아."

사실 대학생 때부터 복층 로망이 있었다. 부산에서 올라온 대학 동기가 엄청 예쁜 복층에 살았기 때문이다. 1층에는 소파와 책상을 두고

2층에는 침대가 있었던 그 집은 지금 기억에도 참 예뻤다. 대학생이 살기엔 월세가 어마어마했지만, 부산에서 큰 사업을 하는 동기의 아버지가 매달 월세를 내줬기에 가능했던 집이었다. 그래서 그때부터 복층은 '예쁘지만 비싼 집'이란 이미지로 기억되었고, 언젠가 한 번쯤은 살아보고 싶은 로망이 생겼다. 하지만 지금 그 로망을 이루기엔 내 현실이 너무 비루했다. 나이 서른둘에 '작가 지망생'이란 타이틀만 빼면 카페 아르바이트생인 내가 살기엔 신축 복층 오피스텔은 예쁜 허영심으로 느껴졌다. 영상통화로 이런 내 표정을 읽었는지 그는 나를 설득하기 시작했다.

"입봉해서 내년에 미국 올 거잖아. 그러니까 1년 만이라도 네가 살고 싶은 집에서 살자."

"보증금 내려면 적금 다 깨야 해. 그리고 버는 거 절반을 월세로 내야하고. 지금 내 형편에 너무 오버하는 거 아닐까?"

"너는 집에서 일하는 거잖아. 그러니까 집이 좋아야지 글도 더 잘 써지지 않을까?"

일리가 있는 말이었다. 나에게 집은 단순히 잠만 자는 곳이 아니었다. 집필실이기도 했다. 예쁜 새집에서 글을 쓰면 굳이 글 쓰러 카페에 갈 필요도 없을 것이다. 그럼 카페 가는 돈만 아껴도 한 달에 135,000원이다. 그렇게 생각하고 보니 신축 복층 월세가 그리 비싸게 느껴지지만은 않았다.

내가 아르바이트를 하면서 어떻게 적금을 두 개나 부었는지 잘 아는 남자친구는 적금을 깨지 말라고 하면서 자기가 보증금을 빌려주겠다

고 했다. 그 마음이 고마웠지만 그러고 싶지는 않았다. 부모님의 당부
가 떠올랐다. 누군가한테 빚지면 자기 목소리를 못 내고 쩔쩔매야 한
다며 절대로 빚지고 살지 말라고 하셨기 때문이었다.

결국 나는 힘들게 모은 적금 두 개를 깨고 아르바이트비의 절반을
월세로 내기로 하고 신축 복층에 들어갔다. 책상 위에 모니터, 노트북,
기계식 키보드, 스탠드를 놓고 나니 꽤 집필실 느낌이 났다. 순간 작가
가 된 기분이었다. 이 집 밖에서 나는 카페 아르바이트생일 뿐이지만
이 집 안에서 나는 작가였다.

남자친구가 이사 축하 선물로 비싼 청소기도 사줬다. 신축이라 입
주 청소가 필요 없을 거로 생각했지만 공사 부스러기들이 생각보다 꽤
있어서 청소기로 구석구석 청소하고 걸레질을 다 끝내고 나니 벌써 밤
10시 반이었다. 호텔 화장실 같은 샤워부스에서 샤워하고 머리까지
다 말리고 토퍼에 누웠다. 침대를 살 돈이 부족해 토퍼를 사야만 했는
데 구름처럼 폭신하다는 후기와는 달리 등에 차가운 바닥이 느껴졌다.
하지만 그래도 괜찮았다. 이 집에선 뭐든 지 다 괜찮을 것만 같았다.

그때 갑자기 노랫소리가 들렸다. 흥얼거리는 정도가 아니라, 온 힘
을 다해 노래를 부르는 남자의 목소리였다. 벽이 얇은 건지 목소리가
큰 건지 가사가 정확하게 다 들릴 정도였다. 한 곡이 끝나자 곧바로 다
른 곡을 불렀고, 그렇게 남자의 노래는 멈추지 않았다. 김범수의 '보고
싶다'가 절정 부분에 이르니 더는 참을 수 없어 경비실에 인터폰을 했
다. 하지만 몇 번을 걸어도 경비 아저씨는 받질 않았다. 부동산 아주머
니가 이 오피스텔은 경비 아저씨가 24시간 상주해서 여자가 살기 좋

다고 했던 말은 거짓말이었을까? 아니면 경비 아저씨가 오늘만 곯아떨어지신 걸까? 이웃집 남자의 노래는 새벽 2시가 되어야 끝났고 그제야 겨우 잠을 잘 수 있었다.

다음 날, 인터폰을 하니 몇 번의 신호음 끝에 관리실과 연락이 됐다.

"어제 새벽 2시까지 윗집 남자가 노래했어요. 경고 좀 해주세요."

경비 아저씨가 잠에서 깬 목소리로 내가 몇 호에 살고 있냐고 물었고, 312호라고 대답하자 경비 아저씨가 이상하다는 듯이 말했다.

"그럴 리가 없는데. 412호는 비어있거든."

"네? 분명 천장에서 노랫소리가 들렸는데…."

"그럼 몇 호인지 알아내서 알려줘."

그렇게 인터폰은 뚝 끊어졌다. 몇 호인지 알아내는 것이 나의 몫인지 경비 아저씨의 몫인지는 알 수 없었지만 우선 미션을 임무 받았기에 인터넷에 '층간소음의 원리'를 쳐봤다. 집을 빨리 지으려고 하다 보니 벽식 구조로 집을 짓는 게 문제라고 했다. 벽식 구조는 벽이 바닥을 받치고 있어서 바닥이 떨렸을 때 그 모든 진동 에너지가 벽으로 전달되기에 윗집이나 아랫집뿐만 아니라 옆집이나 그 옆집의 윗집이어도 소리가 전달된다고 했다.

"용의자는 옆집 311호, 313호 그리고 윗집의 옆집인 411호, 413호, 아랫집 211호, 212호, 213호야."

탐정처럼 말하는 나에게 남자친구는 설마 몇 호인지 알아내려고 집마다 찾아가는 건 아니냐며 걱정스레 물었다. 내가 그래야지만 현장에서 범인을 잡을 수 있다고 말을 하자 그가 한숨을 푹 쉬었다. 그리고

선 층간소음으로 인한 다양한 칼부림 기사들을 읊어주면서 절대 찾아
가지 말고, 이웃집 남자가 노래할 때 경비 아저씨를 호출하라고 했다.
경비 아저씨가 자느라 인터폰을 안 받는다고 하자 그가 목소리를 높였
다. 내가 내는 관리비 10만 원에는 밤에 경비아저씨께서 일하시는 것
도 포함되어 있다면서 그건 나의 권리라고 했다. 알았다면서 서둘러
전화를 끊으려는 내게 그가 말했다.

"너 또 '알았다'고만 하고 아무 말 안 할거지?"

그는 나를 너무 잘 알았다. 식당에 가서 주문이 잘못 들어간 음식이
나와도 그냥 먹는 나와는 달리 그는 자신이 원하는 것을 분명하게 말
할 줄 아는 사람이었다. 하지만 경비 아저씨에게 관리비 운운하며 아
저씨의 잠을 방해하고 싶진 않았다. 잘못은 벽식구조로 건물을 지은
시공사의 잘못이지 경비 아저씨가 밤에 깜빡 잠드는 게 잘못은 아니
니까. 아니, 그 무엇보다도 개념 없이 밤에 노래 부르는 이웃집 남자의
잘못이니까.

그렇게 또 밤 11시가 되었고, 이웃집 남자의 노래가 시작됐다. 그때
부턴 글은 아예 쓸 수 없기에 노트북을 덮었다. 혹시나 해서 인터폰을
해봤지만 역시나 받지 않았다. 결국 잠옷 위에 외투를 입고 범인을 검
거하려고 문을 열었는데 차마 발이 떨어지지 않았다.

몇 호인지 알아낸다고 해서 내가 뭘 할 수 있을까? 내 집에서 내가
노래하는데 네가 무슨 상관이냐며 되레 화를 내지 않을까? 혹시나 앙
심을 품고 보복하진 않을까? 성량을 들어보니 덩치도 클 거 같은데 정
말로 칼부림이 나는 건 아닐지 무서워졌다. 결국, 다시 문을 닫았고 도

어락이 닫히는 소리가 공허하게 울려 퍼졌다.

불편을 겪고도 두려워해야 하는 이 현실이 서러웠다. 내가 남자였다면 상황이 조금 달랐을까? 몇 호인지 찾아내서 초인종을 누르고 노래 좀 그만하라고 직접 말을 할 수 있었을까? 결국 내가 할 수 있는 건 밤 11시부터 새벽 2시까지 노트북을 덮고 노래가 멈추길 기다리는 것밖에 없었다. 그렇게 이웃집 남자의 코인노래방은 6개월 동안 계속되었다.

*

오늘은 한 달에 한 번 있는 합평 날이다. 극작가 지망생들끼리 만든 이 모임에서 꽤 많은 사람이 입봉을 했고, 국립극장 같은 큰 극장에서도 공연을 올리는 작가들의 수가 점점 늘어났다. 일주일 전에 있었던 대본 공모전에 우리 모두 지원했기에 그 대본으로 합평을 받는 자리를 갖자는 의견이 있었고, 이에 나도 대본을 공유했다. 이번엔 꽤 자신이 있었다. 카페 아르바이트를 하는 아침 8시부터 저녁 5시, 윗집 남자가 노래하는 밤 11시부터 새벽 2시, 자는 시간과 밥 먹는 시간을 제외하곤 내 모든 시간을 쏟아부은 대본이었기 때문이다.

"네 글의 최고 장점은 잘 읽힌다는 거야. 그런데 잘 읽힌다는 건 갈등이 없다는 뜻이기도 해."

한 달 전 국립극장에서 공연을 올린 슬아 언니가 말했다. 슬아 언니를 시작으로 모두 다 앞다투어 내 대본이 일본 영화처럼 잔잔하고 지루하다고 얘기했다. 슬아 언니는 나에게 살면서 싸워본 적이 있냐고 물었다. 엄마와도 싸워본 적이 없었지만, 왠지 그렇다고 하면 '네가 그

래서 네 글에도 갈등이 없는 거야.'라는 말을 들을 것만 같았다. 방어
기제가 발동돼 내 별명이 쌈닭이라며 매번 싸운다고 거짓말을 했다.
슬아 언니는 그럼 최근에 언제 싸웠냐며 의심스러운 눈초리로 나를 바
라봤고, 이에 나도 모르게 매일 밤 상상으로만 했던 이웃집 남자와의
결투 에피소드를 읊어대기 시작했다.

　"몇 호인지 알아내려고 용의자들의 집에 찾아가 문 앞에 귀를 대고
범인을 검거했어요. 그리곤 초인종을 눌러서 이 밤에 노래 좀 그만하
라고 화를 냈는데 그 사람이 내 집에서 내가 노래하는데 네가 무슨 상
관이냐고 하는 거예요. 그래서 경찰에 신고했는데 반짝 조용하더니 다
시 노래하는 거예요. 결국 노래할 때마다 녹음해서 내용증명을 보냈
죠. 그랬더니 사과하고 결국 이사 가더라고요."

　모두 의외라는 식으로 나를 바라봤고, 슬아 언니는 그런 나의 성격
을 글 속에 녹여내라고 말하면서 한 마디 덧붙였다.

　"네 글은 너무 착한 게 문제야."

　그렇게 내 글에 대한 합평은 끝이 났다. 글이 착하다는 말을 한두 번
듣는 것도 아닌데 매번 들을 때마다 마음이 쓰렸다. 식당에서 시키지
않은 음식이 나왔을 때 참지 않고 말하는 사람이었다면, 관리비 10만
원엔 밤에 경비 아저씨를 부를 권리가 있다고 말할 수 있는 사람이었
다면, 그랬다면 나는 글을 잘 쓰는 사람이 되었을까?

　합평 후 뒤풀이에서 술을 계속 들이켰고, 이제 술 좀 그만 마시라는
슬아 언니의 말에 술집에서 나와 지하철을 타고 수유역에 내렸다. 힘
없이 걷고 있는데 저 멀리서 한 아저씨가 나를 빤히 바라보는 것이 느

껴졌다. 주위에는 아무도 없었다. 대로변이라 위험할 일이 절대 없다던 부동산 아줌마의 말이 틀린 것일까? 내가 걸음을 멈추자 그 아저씨가 갑자기 빠른 걸음으로 다가왔다. 내가 뛰자 아저씨도 나를 따라 뛰어왔고 이대로 잡힐 것만 같아 눈에 보이는 편의점으로 급히 들어갔다. 편의점 아르바이트생은 숨을 헐떡이는 나를 이상하게 바라봤고 상황 설명을 하자 관심 없다는 듯 아무런 대꾸도 하지 않고 핸드폰 게임을 이어 나갔다. 그렇게 편의점에 숨어 이상한 아저씨가 사라지기만을 기다리고 있는데 아르바이트생이 말을 걸었다.

"계속 있으실 거면 뭐 사셔야 해요."

목숨이 위험한 상황에 사고 싶은 건 아무것도 없었다. 하지만 내 목숨을 지키기 위해 어쩔 수 없이 헛개수 1+1을 샀다. 그렇게 30분이나 지났을까. 편의점 밖에 이상한 아저씨는 보이지 않는 것 같았다. 조심히 편의점 문을 열고 주위를 둘러보았다.

"안녕히 가세요."

아르바이트생이 시큰둥하게 인사를 했다. 편의점에서 나오자마자 오피스텔을 향해 전속력으로 뛰었다. 공동 현관문 비밀번호를 재빠르게 누르곤, 엘리베이터를 기다리고 있는데 그 이상한 아저씨가 갑자기 공동 현관문에 나타났다. 날 바라보며 문을 열라고 유리문을 두드리는데 순간 몸이 얼어붙었다. 하지만 이렇게 있다간 아저씨한테 잡힐 것만 같아 움직이지 않는 다리를 끌고 계단으로 뛰어 올라갔다. 3층에 도착하자마자 집 문을 여는데 손이 너무 떨려서 도어락 비밀번호를 계속 틀렸다. 그때 누군가가 탄 엘리베이터가 3층에 도착하는 소리가 들렸고, 동시에 도어락을 열고 집 안에 들어와 문을 닫았다. 다리에 힘이 풀려 신발도 벗지 못하고 현관에 주저앉아있는데 이웃집 남자의 노랫소리가 화장실을 통해 더 선명하게 들려왔다.

순간 분노가 치밀어 올랐다. 내 글이 착한 것도, 내가 치한한테 잡혀 죽을지도 모르는데 무관심한 편의점 아르바이트생도, 이런 일을 겪었는데 시차 때문에 남자친구에게 전화할 수 없는 현실도, 서른두 살에 아직도 아르바이트하는 것도, 입봉을 하지 못한 것도 모두 다 화가 나 화장실로 달려가 나도 모르게 소리를 질렀다.

"노래 좀 그만 불러! 이 미친놈아!"

내 인생에서 단 한 번도 내본 적 없는 소리였다. 나에게 이런 목소리가 있는 줄도 몰랐는데 날카로운 소리가 내 몸을 찢고 나왔다. 그러자 신기하게도 노랫소리가 멈췄다. 내 목소리가 들렸던 걸까? 벽식 구조는 이런 것도 가능하게 하는 걸까? 잠깐의 침묵 후에 이웃집 남자의 목소리가 들려왔다.

"죄송합니다."

그렇게 이웃집 남자의 노래가 멈췄다. 6개월 동안 나를 괴롭혔던 층간소음의 해결책은 화장실에 있었다.

*

그 사건이 있고 난 뒤 넉 달이란 시간이 흘렀고, 그동안 이웃집 남자의 노래는 들리지 않았다. 그러고 나니 글도 더 잘 써지고 잠도 잘 자서 삶의 질이 올라갔고, 무리해서 얻은 이 오피스텔은 세상에서 내가 제일 좋아하는 공간이 되었다.

그때 문자가 왔다. 대본 공모전 결과가 나왔으니 홈페이지에 접속해 결과를 확인하라는 문자였다. 합평 때 반응이 그렇게 좋지는 않았지만 내가 여태 쓴 글 중에서 제일 잘 쓴 대본이었다. 내 모든 초고를 읽어주는 남자친구도 이번만큼은 확실히 이전 글과는 다르다고 느낌이 좋다고 했다. 심호흡하고 공지 사항을 클릭했다. 공모전에 당선된 작품의 제목이 나열되어 있었다. 작품이 6개밖에 없어 한눈에 바로 결과를 알았지만 그래도 다시 읽고, 새로 고침을 해서 또 읽었다. 이번에도 내 작품은 없었다.

샌프란시스코 시각으로 새벽인 걸 알았지만 남자친구에게 전화를 걸었다. 한 번도 해본 적 없는 행동이었다. 알레르기 반응으로 응급실에 실려 갔을 때도, 카페에서 진상 손님에게 욕을 들었을 때도 한 번도 이 시간에 전화해 본 적이 없었다. 낯선 곳에 가서 힘들게 일하는 그의 고단한 잠을 깨우고 싶지 않았기 때문이다.

잠에서 깬 그가 깜짝 놀라며 무슨 일 있냐고 전화를 받았고, 공모전에 또 떨어졌단 말에 그는 잠시 말이 없었다.

"미국으로 와. 내가 책임질게."

그가 반쯤 잠긴 목소리로 말했다.

순간 4개월 전 이웃집 남자에게 소리를 지르던 때처럼 분노가 치밀어 올랐다. 이유는 알 수 없었지만, 어느새 나는 고래고래 소리를 지르고 있었다. 네가 날 어떻게 책임질 건데? 내 꿈도 책임질 거야? 그럼 난 거기서 네 밥이나 차리라는 거야? 네가 뭔데 날 책임진다고 말하는데? 내가 안 될 거 너는 알고 있었지? 넌 꿈 이뤄놓고선 왜 나보고는 포기하라고 하는 건데?

날카로운 말들은 멈출 줄 모르고 계속 나왔고 내 뾰족한 말들을 다 듣던 그도 결국엔 참지 못하고 가슴 속에 있던 말들을 쏟아내기 시작했다.

"넌 언제나 네가 먼저지. 나도 여기서 힘들어. 영어도 잘 못 하고 아는 사람도 없는 곳에서 너한테 기대고 싶어도 언제나 너는 네 문제가 먼저서 난 아무 말도 못 했어. 이게 연애야? 난 기다리는 거 말고 할 수 있는 게 없는데? 더 못 하겠다. 제발 미국으로 와. 나 롱디 더는 못 해."

"더 못하면 어쩔 건데?"

쏘아붙이는 내 말에 그는 작은 한숨을 쉬었다. 그리고선 나지막이 대답했다.

"헤어져야지."

그 문장을 끝으로 우리는 한참 동안 아무 말도 하지 않았다. 3년간의 연애. 그리고 10개월의 롱디. 4년 가까이 만난 사람이었다. 그는 늘 내 글을 제일 처음으로 읽어주는 사람이었고, 나랑 가장 친한 친구이자 날 계속 꿈꾸게 하는 사람이었고, 가족이 되리라 믿어 의심치 않은 사람이었다.

상상했다. 미국에서 그가 출근하면 집 안에 홀로 있는 내 모습을. 글이야 세계 어디서든 쓸 수 있으니까 계속 공모전에 도전할 수 있지만, 남편이 퇴근하길 기다리며 글을 쓰는 내 모습이 도저히 그려지지 않았다. 확실했다. 이 상태로 미국에 가면 나는 다시는 글을 쓰지 않을 것이다. 꿈이라는 단어는 이제 나에게 희망이 아니라 상처가 될 것이 분명했다. 결국, 난 울먹이며 말했다.

"미안해."

그는 아무 말 없이 긴 한숨을 쉬며 이내 전화를 끊었다. 그의 한숨에는 내가 그럴 줄 알았다는 체념이 들어있었다. 누군가와 사랑에 빠지는 이유가 이별의 이유가 된다는 말을 예전에 들은 적이 있다. 꿈을 꾸는 모습이 좋아 나와 사랑에 빠졌던 그는 결국 그 꿈 때문에 나와 헤어지게 된 것이다.

그렇게 우리의 연애는 끝이 났다. 허무했다. 4년간의 연애가 고작 이렇게 전화 한 통으로 끝이 날 수 있다니. 그토록 소중한 사람이 내 인생에서 사라지다니. 순간 외로움이 몰려왔다. 롱디 하는 동안 잘 참아왔던 외로움이 한꺼번에 찾아온 기분이었다. 세상에서 내가 제일 좋아하는 공간이었던 오피스텔이 오늘따라 추웠고 고요했다. 이래서 할머니들이 잘 때 TV를 켜두는 것일까? 인터넷 쇼핑몰에 들어가 충동적으로 TV를 샀다. 그동안 글 쓰는데 시간 뺏길까 봐 일부로 사지 않았지만 이젠 나에게 TV가 필요할 것만 같았다.

한글 파일을 열었다. 뭐라도 써야 할 것만 같았다. 이 이별이 아깝지 않도록 난 반드시 망할 입봉을 해야만 했다. 키보드 위에 손을 올려놓고 모니터를 바라봤지만, 아무것도 쓸 수 없었다. 마치 글자를 모르는 사람처럼 빈 모니터만 한참을 바라봤다. 샤워하면 정신이 좀 차려질 것 같아 화장실로 가 샤워기 물을 튼 순간 클리셰처럼 눈물이 흐르기 시작했다.

순간 후회가 밀려왔다. 내가 그 사람 없이 살 수 있을까? 내가 입봉이나 할 수 있을까? 그렇다면 카페 아르바이트생으로 사느니 고액 연봉 개발자의 아내로 사는 게 더 좋은 선택이었을까?

이때 이웃집 남자가 기침하는 소리가 들려왔고, 그 소리에 견딜 수 없던 적막이 깨졌다.

"저기요."

나도 모르게 그에게 말을 걸었다.

"네?"

당황한 이웃집 남자의 목소리가 들렸다. 그리고 순간 나 자신도 이해 못 할 말이 입 밖으로 튀어나왔다.

"노래 하나만 불러주세요."

론 바이러스(Lone Virus)

이윤주

이윤주 여리지만 강한 척, 표현에 서투르지만 다정한 척, 자주 덤벙대지만 침착한 척. 척하며 살아가는 평범한 존재에 불과하지만 마음의 무게를 나눠지려 글을 쓰는 사람.

말 재주가 없는 탓에 글이라는 수단을 빌렸고, 사람 사는 이야기를 씁니다.

instagram: @glossweek

한 주택가 아파트 옥상, 교복을 입고 앳되어 보이는 여학생이 난간에 위태롭게 서 있다. 눈은 감은 채로 입은 미소를 머금고 있었다. 유달리 파란 하늘을 향해 뻗은 그녀의 손은 미세하게 떨렸다. 그녀의 손은 무언가 움켜잡을 듯 계속해서 허공을 허우적거렸다. 하지만 그녀의 주변에는 어떠한 존재도 찾아볼 수 없다. 그때 옥상 아래에 있던 누군가가 다급한 목소리로 위험하다고 소리쳤다. 그러자 여학생의 시선이 옥상 아래로 향했다. 순간 그녀의 몸이 난간 앞으로 기울었다. 몸을 지탱해주던 난간에서 자유의 몸이 된 그녀는 힘없이 그대로 추락하기 시작했다. 그녀의 몸과 땅이 충돌하기 직전의 순간이 슬로비디오처럼 느려졌다.

"안 돼!"

오늘도 나는 식은땀으로 범벅 된 채 소리 지르며 잠에서 깨어났다. 며칠 전부터 우리 집 반대편 아파트 옥상에서 투신자살한 여학생이 꿈에서 자꾸만 나를 찾아왔다. 꿈에서조차 그날 그녀가 추락하던 모습이 너무나 생생했다. 이 꿈은 내가 자살하려 했던 순간을 연상시켜 나를 더욱 괴롭게 했다. 나는 단지 위태로웠던 그녀의 목숨을 지켜주고 싶었다. 하지만 그런 내 마음과 달리 나의 외침 때문에 그녀가 아래를 보다 떨어진 것 같다는 기분이 들었다. 그것은 꾸준히 스스로 가책하게 했다. 그날 무슨 연유에서 난간에 오르는 위험한 선택을 했는지는 모른다. 하지만 그때 이후로 나는 소중하고 어린 생명을 앗아간 중범죄자가 된 것 같은 기분을 떨쳐내지 못하고 있다.

뒤숭숭한 꿈자리를 뒤로 한 채 편의점 아르바이트에 출근하기 위해 내 몸을 감싼 이불을 걷어냈다. 꿈자리가 사나웠던 탓에 지각할 위기에 놓인 나는 화장실에서 물만 대충 끼얹고 나왔다. 젖은 머리를 수건으로 털었다. 혼자뿐인 집안에 감도는 적막한 공기가 싫어 언제나 씻고 나오면 리모컨을 찾았다. 그리곤 항상 뉴스 소리를 배경음악 삼아 출근을 준비했다. 오늘은 각종 사건과 사고가 끊이질 않는 똑같은 레퍼토리의 뉴스 내용이 아닌 희귀한 바이러스 정보가 귓속에 흘러 들어왔다. 그 소리에 나의 고개는 저절로 TV를 향했다.

뉴스 앵커는 심각한 표정으로 현재 우리나라에 급속도로 전파되고 있는 '론 바이러스'에 대해 이야기하고 있었다. 론 바이러스는 외로움이 각종 증상을 불러일으켜 결국 스스로 고립된다고 하여 Lone이라는 단어를 그대로 활용한 명칭이었다. 이어서 앵커는 아직까지 정확한 감염 원인을 규명하지 못했다는 말과 함께 그 증상의 심각성을 알렸다. 론 바이러스에 걸린 사람들은 단순한 우울증과는 달리 극심한 외로움을 느끼고, 조울증과 더불어 자해 행동, 그리고 갑자기 이유 없이 계속해서 흐르는 눈물, 혼잣말하듯 중얼거림, 심한 환자의 경우 환각 증상까지 나타난다고 말했다. 이 바이러스의 가장 큰 문제점은 한 달 내 자살에 이르게 될 확률이 높다는 것이었다.

이 뉴스를 보니 꿈에 계속 나오는 여학생의 죽음에 관한 퍼즐 실마리가 끼워 맞춰졌다. 그녀는 정말 밝았던 아이였다. 지난 몇 년간, 주 5일을 편의점에서 일하며 생계를 유지하는 나에게 종종 음료를 사서 건네기도 하고, 편의점 안 테이블 의자에 앉아 학교에서 있었던 일에 대해 하소연을 늘어놓았던 적도 많았다. 그 아이는 온종일 무표정으로 일관하며 자기 말에 대답도 잘 하지 않는 나에게 늘 생글생글 웃으며 다가왔다. 하지만 나는 고아로 태어나 보호시설에서마저도 학대와 왕따를 당해 사람에게 쉽게 마음을 열지 않았다. 그런 내가 그녀의 귀여운 넋두리와 말투에 저절로 한 번씩 피식하고 웃게 되었다. 살면서 즐거웠던 일이 없어 웃음마저 잃은 나에게는 사실, 그 아이가 가뭄의 단비 같은 존재였다.

그랬던 그녀는 자살하기 며칠 전부터 웃음을 잃었다. 편의점에 오는 횟수도 확연히 줄어들었다. 어느 날은 편의점에 와서 평소에 하던 인사도 없이 한쪽 진열대에 있던 여러 종류의 약을 모조리 바구니에 쓸어 담아 계산대에 올려놓았었다. 그 순간 한 매체의 기사에서 어떤 사람이 두통약이나 감기약을 다량 복용해 자살 시도를 했다는 내용이 스치듯 떠오르기도 했다. 이상하리만큼 쉼 없이 흘러내리는 그녀의 눈물 탓에 대량으로 구매하는 이유를 물어보면 실례라고 생각했었다. 한 날은 편의점 테이블에 앉아 누군가와 대화라도 하는 것처럼 중얼거리기도 했었다. 이 모든 것이 뉴스에서 말하는 론 바이러스의 증상에 해당되었다. 어쩌면 그날 옥상에서 그녀가 무언가 잡으려 했던 정체도 론 바이러스가 만들어낸 허상은 아니었을까.

나는 가난, 우울, 외로움에 처절한 어린 시절을 보냈다. 그런 내가 서른이 넘어서야 세상을 포기하겠다고 고층의 난간 위에 섰을 때도 극도의 공포감을 느꼈었다. 하지만 난 용기가 나지 않아 결국 죽는 걸 포기했었다. 이제야 고등학생이 되었던 어리고 작았던 아이가 죽어보겠다고 다량의 약을 사가거나 난간 위에 섰을 때는 어떤 심정일지 감히 예측할 수도 없다.

대한민국에 갑자기 들이닥친 론 바이러스로 인한 잡생각 때문에 서둘러야 하는 출근길 발걸음이 자꾸만 느려졌다. 과거 자살하려 했던 기억에 조금씩 잠식되는 기분이었다. 나의 두 뺨을 두 손으로 찰싹찰싹 세게 때렸다. 뺨이 아릴 만큼 아프고 정신이 번쩍 들었다. 그러다 내 시야에 요즘 통 보이지 않던 옆집 남자인 호진이 들어왔다. 멀리서 걸어오는 모습만 보아도 그의 쓸쓸한 자태가 느껴졌다. 그러고 보니 호진 역시 반년 전 이사 왔을 때의 밝았던 모습과는 다르게 어딘가 어두운 표정과 분위기를 풍기고 있었다.

막 이사 왔을 때 그는 요즘 사람들과는 다르게 한 집마다 떡을 돌렸었다. 집에 들어가려던 나에게 헐레벌떡 뛰어와서 해사하게 웃던 낯선 이는 손에 든 종이가방 안에서 떡 상자 하나를 꺼내어 나의 가슴팍으로 다짜고짜 밀어붙였다. 아르바이트라도 하지 않았다면, 나와 다른 사람들의 대화나 만남은 보기 드문 진귀한 광경이었다. 하지만 자주 찾아오는 호진 때문에 의도치 않게 흔한 광경이 되기도 했었다. 호진은 음식이나 생필품을 나눠 주기 위해 옆집인 우리 집 초인종을 눌렀다. 나는 처음엔 대가 없이 누군가에게 베풀고 따뜻하게 맞아주는 그가 다른 사람들과는 사뭇 다르게 느껴져 싫지는 않았다. 오히려 소심한 나와는 다르게 호탕하고 밝은 성격과 남에게 먼저 다가가 살갑게 구는 그의 모습이 부러웠다.

받기만 하기엔 미안함을 느껴 호진에게 답례로 작은 선물을 건네기도 했다. 선물이란 것을 단 한 번도 주고받아본 적 없는 나에게 선물이라고 해봤자 고작 편의점의 폐기물이었다. 삼시세끼 편의점 음식으로 밥상을 차려 먹는 나에게는 그에게 진수성찬을 선사하는 것이나 다름없었다. 투박하게 봉지에 그대로 담은 선물을 건네기 위해 그의 집 초인종을 눌렀다. 그는 언제나 그랬듯 해사한 웃음을 지으며 친하지 않은 낯선 타인인 나를 자신의 집으로 기꺼이 안내했다. 같은 원룸 방 구조이지만 그의 집은 음침한 우리 집 분위기와는 다르게 깨끗하고 심플한 인테리어와 갖가지 화분, 소품들이 정갈하게 놓여있었다.

가장 눈에 띄었던 것은 좁은 원룸 방이지만 원룸의 한 벽면에 꽤 크게 자리를 차지하고 있던 액자였다. 중학생 정도 되어 보이는 호진을 사이에 두고 양옆에서 엄마, 아빠가 서로가 서로를 감싸 안은 가족사진이었다. 어린아이였던 그의 웃음은 부모님을 많이 닮아 있었다. 다른 어떤 것도 필요 없이 나는 절대 가질 수 없는 이 가족사진만으로 집안 전체에 온기가 풍겨져 나오는 듯했다. 적어도 나한테는 그랬다. 그 옆에는 한 여성과 호진이 함께 찍은 사진 액자가 걸려 있었다. 머리 위로 하트를 그리고 있는 것을 보니 그의 연인이라고 충분히 생각할 수 있었다.

호진은 작은 접이식 테이블에 따뜻한 홍차 두 잔을 올려놓으며 액자를 보고 있는 나에게 웃으며 앉으라고 손짓했다. 그런 그의 웃음이 갑자기 너무 행복해 보여서 부러웠다. 또 질투가 났다. 그와 대화하는 내내 그를 향한 호감의 감정과 질투의 감정이 공존했다. 호진은 내가 가지고 온 이 소박한 선물이 고맙다는 말을 연신 반복하면서 종종 자기 집에 놀러 오라고 말했다. 애써 억지웃음을 지으며 예의상 그러겠다고 대답했지만, 내가 사는 공기와 전혀 다른 이런 이질적인 공간에 다시 발을 들여놓고 싶지는 않았다. 호진은 차를 한 모금 마신 뒤 찻잔을 내려놓으며 내가 빤히 쳐다보던 사진의 이야기를 시작했다. 역시 예상대로 사진에 담긴 여성은 호진의 연인이 맞았다. 호진은 그녀 이야기를 하며 입가에 웃음이 끊이질 않았다. 그녀의 이름은 '연수'이고, 자신이 힘들었을 때 한결같이 응원해주던 사람이라고 말했다. 행복해 보이는 그의 모습에 대화할수록 내가 가지지 못한 것을 가진 그에게 짜증이 나면서도 다정한 그가 싫지는 않아 마음이 복잡했다.

"고마워요."

"네? 뭐가요?"

"제 이야기 들어줘서요. 그쪽은 정말 좋은 사람이에요. 오늘부로 우리 더 가까워진 거 맞죠? 다음번엔 당신 이야기를 꼭 듣고 싶어요."

타인과 긴 대화를 나눌 일이 없어 대화에 서툰 나는 호진의 말을 정말 귀로 듣기만 했다. 공감하는 방법을 몰라 대답도 잘 하지 않았다. 그저 호진의 말에 고개를 끄덕이는 것이 전부였다. 이런 기계적인 나의 행동을 보고서도 대화의 마지막에 그는 나를 '좋은 사람'이라고 표현했다. 하지만 부러운 마음에 그가 하는 모든 말이 위선처럼 느껴졌다. 집으로 돌아와서도 호진이 싫은 건지 좋은 건지 뒤죽박죽 섞인 감정에 머릿속도 덩달아 복잡하기만 했다.

이후로도 호진은 자신의 집으로 나를 가끔 초대했다. 나는 식사를 제안하는 호진에게 배가 고프지 않다거나 과일 같은 먹을거리를 나눠줘도 좋아하지 않는다는 핑계를 대며 간접적으로 불편함을 드러냈다. 그럼에도 그는 오히려 마실 차를 들고 우리 집으로 찾아오기도 했다. 계속해서 호의를 거절하기에는 예의가 아니라고 생각해 몇 번은 문을 열어주었다. 그럼 피곤해서 내키지 않을 때도 줄줄이 쏟아지는 호진의 이야기를 들어야 했다. 하지만 언제나 그랬듯 간간히 물어보는 질문에만 대답할 뿐, 그가 듣고 싶다던 나에 대한 이야기는 전혀 하지 않았다. 그도 말하고 싶지 않은 눈치인 나를 배려하듯 절대 먼저 묻지 않았다. 이후로도 호진이 오기 전까지 조용하기만 했던 우리 집 초인종 소리는 자주 울려댔다. 그러다 문득 어느 순간 그 소리가 사라진 지 한 달 남짓 된 것 같다고 느꼈다. 옆집에서는 어떠한 인기척도 느껴지지 않았다. 희미하게 들려오던 그의 노랫소리도, 계단을 올라오며 이웃들에게 밝게 인사하는 소리도. 아무것도.

그러다 론 바이러스가 세상에 퍼지고 있다는 사실을 알게 된 오늘, 출근하던 나와 달라진 호진이 마주친 것이다. 호진은 그의 집 인테리어만큼이나 무늬가 없는 심플한 디자인의 깔끔한 스타일을 즐겨 입었다. 하지만 오늘 그는 평소와는 다르게 얼굴을 가득 덮은 덥수룩한 턱

수염은 물론이고 후드 모자를 뒤집어쓴 채 걸어오고 있었다. 그는 초점이 없는 눈을 한 채 그 시선은 정면만 향했다. 내가 보기엔 그의 표정이 무척이나 공허해 보였다.

"호진 씨 어디 다녀오시나 봐요?" 내가 건넨 어색한 인사말이었다.

원래는 눈을 마주치면 항상 그가 먼저 말을 걸었다. 그와 내가 눈이 5초가량 마주쳤음에도 불구하고 그의 표정에는 어떤 웃음기 하나도 없었다. 그 순간 말수가 별로 없는 내가 말을 걸어야 할 것 같은 기분이 들었다. 용기 낸 나의 질문이 무안하게도 호진은 고개의 미동도 없이 눈동자만 내 쪽으로 살짝 굴린 채 짤막하게 '네'라고만 대답했다.

어떤 식으로 말을 이어가야 할지 몰라 우물쭈물했다. 그는 그런 나를 본체만체 그대로 지나쳤다. 나는 발걸음을 멈추고 그냥 어깨를 스치고 가버린 그의 뒤통수를 응시했다. 호진이라는 사람이 어딘가 고장 난 것처럼 제 기능을 발휘하지 못하는 것만 같았다. 혼자였던 나에게 살갑게 다가와 주던 사람이 돌연 정반대로 변해버리니 그동안의 그를 향한 양가적인 감정은 사라졌다. 왠지 모를 답답함과 찝찝한 마음만 들었다.

출근하고서 카운터에 앉아 손님이 오는데도 자꾸만 멍하니 허공을 바라봤다. 그때 바지 주머니 속에서 휴대폰 진동이 느껴졌다. 손님이 없는 틈을 타 잠깐 휴대폰을 꺼내 화면을 켰다. 론 바이러스 지역 확진자가 현재 서른 명, 누적 사망자는 다섯 명이라는 재난안전문자였다. 뉴스에서는 바이러스 증상을 느끼고 직접 병원에 찾아오는 환자와 주변의 의심 환자 신고를 통해서 확진자 수를 파악한다고 했었다. 즉 바이러스 확진자가 정확하게 파악이 안 되는 상황이었다. 또 확진자는 한 달 내 '자살'에 이를 수도 있다고 했으니 이 지역에서 벌써 자살한 사람의 수가 다섯이나 된다는 뜻이었다. 문자 내용에 또 한 번 테이블 의자에 앉아 푸념을 늘어놓던 여학생의 모습이 아른거렸다.

"저기 계산이요!"

"아, 죄송합니다."

회상에 젖어 손님이 계산대 앞으로 와서 손바닥으로 내 눈앞을 저을 때까지 알지 못했다. 그제야 황급히 사과의 말과 함께 손님이 계산대에 올려 둔 물건의 바코드를 찍었다. 이날은 온종일 멍 때리기와 재난 문자 확인하기를 반복하다 해가 완전히 자취를 감추고 나서야 퇴근할 수 있었다.

집으로 돌아오자마자 TV를 켰다. 예상대로 여전히 세간은 론 바이러스 이야기로 시끌벅적했다. 감염 경로 역시 여전히 오리무중이었다. 이미 론 바이러스에 걸린 듯 생활한 나에게 이 바이러스에 감염된다고 해도 전혀 무섭지 않았다. 내가 행복하지 못하는 세상에서 차라리 모든 이가 론 바이러스에 감염되었으면 좋겠다는 지나치게 나쁜 생각마저 들었다. 그런 내 자신이 너무나도 못나 보여서 더 싫었다. 더이상 달갑지 않은 뉴스는 보고 싶지 않아 일찍 잠을 청했다.

여전히 그때 그 여학생이 죽는 꿈을 계속 꾸고 있다. 위험을 알리는 나의 외침에 그녀가 시선을 돌리다 떨어졌다는 생각은 곧 트라우마로 변했다. 이 트라우마 때문에 모든 걸 포기한 듯한 여학생의 허망한 얼굴이 머릿속에 각인되어 사라지지 않았다. 하지만 오늘 꿈은 더욱 예사롭지 않았다. 옥상 난간에 서 있던 여학생의 얼굴이 갑자기 어제 본 호진의 얼굴로 바뀌었다. 그 순간 자고 있던 내 몸은 너무 놀라 경직되었지만 눈은 번쩍 뜨였다. 침대에서 천천히 몸을 일으켜 세워 앉아 흐르는 땀부터 손으로 닦아냈다. 생생한 꿈을 조금이나마 잊기 위해 곧바로 화장실로 직행해 흐르는 물로 거칠게 세수했다.

　출근하기 위해 현관문을 나서기 전까지도 호진이 꿈에 나타난 이유를 생각하느라 마음이 진정되지 않고 심란했다. 어젯밤 꿈속에서 곧 죽을 것 같은 호진을 남겨둔 채 나 홀로 꿈밖으로 탈출한 것만 같은 기분이었다. 다행히 계단으로 내려가던 중 반대로 올라오고 있는 호진을 만났다. 그를 보자 죽지 않고 살아있다는 것에 우선 안심이 되었다. 나는 한순간에 다른 사람이 되어버린 그를 붙잡고 물어봐야 직성이 풀릴 것 같았다. 그렇지 않다면, 어젯밤 이후로 나를 찾아오는 이가 이제 한 명이 더 늘어날 듯싶었다. 계단을 내려가는 내 두 다리를 멈춰 세워 호진의 이름을 불렀다. 그가 가던 길을 멈추고 계단 밑에서 나를 올려다봤다. 그런 그의 슬픈 눈동자가 파도처럼 일렁였다.

　"무슨 일……있어요?"

　정말 조심스럽게 건넨 말이었다. 그러자 나를 바라보던 호진의 두 눈가에 이슬이 촉촉이 고였다. 이내 그 이슬은 호진의 볼을 타고 쉼 없이 흘러내렸다.

　"이제 세상에 버려진 기분이 들어서요……. 전 어떡해야 하나요?"

　나는 그의 말에 아무 대답도 할 수 없었다. 이미 세상에 버려졌다고 생각한 나도 이렇게 살고 있는데, 그에게 절대 정답을 내어줄 수가 없었다. 이미 눈물샘이 터져버린 그의 슬픈 두 눈을 내가 당황스러워하며 쳐다보자 그는 낮게 한숨을 내뱉으며 고개를 떨구었다. 무슨 말을 해야 할지 몰라 당황한 내 모습이 단순히 그를 아이 취급하거나 이상한 사람으로 본다고 오해한 듯 보였다. 그런데도 아무 말을 해줄 수가 없었다. 그는 나를 그대로 지나쳐 올라갔다. 그가 정말 론 바이러스 감염자라면 저 눈물이 언제 마를지 가늠할 수조차 없었다. 그저 내가 지금 할 수 있는 일이라고는 이 복잡한 감정을 안고 출근해야 하는 것뿐이었다.

마음이 초조하고 불안해 도무지 일이 손에 잡히지 않았다. 호진의 가련한 얼굴이 죽기 직전 과거의 내 모습과도 같아서 자꾸만 눈앞에 아른거렸다. 그때 교복을 입은 여학생 무리가 편의점으로 우르르 몰려들어 왔다. 학생들이 입은 교복을 보니 같은 교복을 입고 편의점에 자주 왔었던 자살한 여학생의 얼굴까지 떠올랐다. 그 아이가 죽기 하루 전날 편의점에 왔을 때도 모든 걸 단념한 듯 절망적인 얼굴을 하고 있었다. 그 눈빛 역시 텅 비어 있었다.

편의점에 들어온 학생들은 와자지껄 떠들고 웃으면서 이것저것 골랐다. 카운터로 와서는 품 안에 든 각종 컵라면과 음료를 쏟아부었다. 여전히 학생들은 시끄럽게 떠들기 바빴지만, 나는 모든 동작이 완전히 정지되어버린 채로 그들이 쏟아부은 것들을 응시하며 잠시 생각에 잠겼다. 문득 또 생각해보면, 죽은 여학생은 편의점에 단 한 번도 친구들과 함께 온 적이 없었다. 늘 혼자였다. 심지어 같은 교복을 입은 학생들이 들어와도 단 한 번도 서로 아는 체한 적이 없었다.

"저기요? 계산 좀 해주세요."

아래로 향해 있던 시선이 나를 부른 학생에게 향했다. 학생들은 천진난만한 표정으로 웃고 있었다. 여학생이 죽기 직전 짓던 절망적인 표정, 공허한 눈빛과는 확연히 비교됐다. 그 순간 여학생에게 자살의 이유가 반드시 있을 것 같다는 확신이 들었다.

"혹시 최근에 자살한 학생이랑……아는 사이인가요?"

"네? 아, 오지연 말해요? 같은 반이었는데. 왜요?"

"죽기 전에……무슨 일 있었나요?"

"무슨 일? 아니요? 딱히. 근데 걔 친구 없어서 밥도 혼자 먹고, 반 애들도 딱히 걔한테 관심이 없어서 죽은 이유까지는 잘 모르겠어요. 야, 너네는 아냐?"

"아 근데 걔 괴롭히는 친구들이 좀 있었어요."

나에게 살갑게 말을 걸어주었던 그녀의 이름은 '오지연'이라는 이름을 가진 친구였다. 꽤 오래 알고 지냈던 사이지만 이름조차 몰랐다는 사실에 미안한 감정이 들었다. 또 지연이 왕따를 당해왔던 사실을 아무렇지 않게 술술 이어가는 이 학생들의 대답과 어투에서 그녀의 학교생활이 얼마나 고달팠을지 어느 정도 예측이 가능했다. 누구보다 외톨이의 삶을 잘 알기 때문에 더 그랬다. 하지만 그렇다고 무관심했던 이 학생들에게 지연을 왜 도와주지 않았느냐고 훈수를 둘 입장도 아니었다.

학생들의 대답을 들은 이후 나는 아무런 말 없이 카운터에 올려놓은 물건들을 하나씩 계산했다. 내가 계산하는 내내 그들은 지연에 대한 이야기를 이어가며 그녀를 불쌍히 여겼다. 괜히 나로 인해 죽어서도 불쌍하게 취급당하는 것만 같아 죄책감이 몰려왔다. 하지만 학생들은 언제 그랬냐는 듯 뜨거운 물을 담은 컵라면을 들고 테이블 의자에 앉아 좋아하는 아이돌 이야기를 나누었다. 그들에게 그녀의 죽음은 단순한 가십거리로 소비되고 말 주제일 뿐이었다. 그녀를 측은하게만 여길 뿐, 아무도 자살한 이유에는 전혀 관심 없었다.

불현듯 지연이 내게 했던 말들이 떠올랐다. 학교에서 친구들과 싸웠던 이야기를 하며 속상함을 토로하기도 했고, 지난 체육대회에서는 자신이 학급 대표 달리기 1등을 하기도 했었다는 이야기가 어렴풋이 기억난다. 지금 생각해보면 1등을 했다던 얼굴이 그다지 밝지는 않았었다. 다음에도 또 1등을 해서 친구들이 응원해줬으면 좋겠다던 그녀의 말을 곱씹어봤다. 실은 나도 방관자가 아닐까. 그녀의 우울한 표정, 어딘가 과장된 말. 난 사실 모른 척했던 것이다. 밥벌이하기에도 벅찬 처지에 내가 아닌 타인의 삶에 관여하는 것은 사치였다. 그냥 스쳐 갈 인연에 감정 따위 허비하고 싶지 않았다. 적어도 그때는.

학교에서 친구들과 있었던 일을 조잘조잘 떠들어대던 지연의 이야기들이 모두 그녀의 작은 바람일 뿐이라는 사실을 알고 나니 가슴이 미어졌다. 나는 과학적으로, 이론적으로 설명이 불가능한 이 바이러스의 원인이 아직까지 밝혀지지 못한 이유를 알 것 같았다. 론 바이러스의 근원지는 인간임이 틀림없을 것이다.

지연이 찾아오는 횟수가 잦아지고 우리가 어느 정도 가까워졌다고 느꼈을 때쯤, 언제 한번은 나에게 이런 질문을 했었다.

"아저씨. 저는 친구들이 정말 좋은데, 만약……나중에 친구들이 없어도 혼자 잘 지낼 수 있을까요?"

"……원래 혼자 잘 지낼 수 있어야 진정한 어른이 되는 거야. 평생의 관계는 없어. 친구 없다고 힘들어하면 그건 나약한 인간이지."

이러한 나의 대답은 사실 나에게 하는 말이었다. 죽으려고 고층 난간 위에 올라섰지만 차마 용기가 나지 않아 죽지 못해 살았다. 살면서 겪었던 학대와 왕따로 인해 나는 제대로 된 친구 한 명 사귈 수 없었다. 그래서 나에게 꿋꿋하게 삶을 버틸 수 있는 이유를 만들고 싶었다. 늘 혼자 멋있게 자신의 삶을 살아가는 사람이 진정한 어른이라고 최면을 걸어왔다. 이것은 결국 내 삶의 가치가 되어버렸다. 그렇기에 나의 대답이 백 퍼센트 정답이라고 생각했었다. 하지만 섣부른 판단과 대답이었다는 것을 이제야 깨달았다. 지금 생각해보면 이미 혼자였던 지연을 나약한 인간으로 취급한 것이나 다름없었다. 비수가 되어 지연의 가슴에 그대로 전해졌을 날카로운 말들이 지금 다시 나에게 돌아와 꽂혔다. 그녀에게 괜찮냐고 단 한 번이라도 물어봤더라면, 그랬더라면, 옥상 난간에 서야 할 이유도 없진 않았을까 하는 후회가 물밀듯이 밀려왔다.

트라우마같이 꿈에 찾아오던 그때의 모습이 이미지로 남아 머릿속에서 지워지지 않았다. 잊히지 않는 잔상이 나를 깊은 감정의 호수로 끌어당겨 그곳에 영원히 잠길 것만 같았다. 그리고 여기에서 영원히 빠져나올 수 없을 것이라는 답답함을 느꼈다. 가장 가벼워야 할 집으로 돌아가는 발걸음마저 무거웠다. 정확히 말하자면 내 마음이 천근

만근 무거워 한 발자국 내딛는 것조차 버겁다고 느껴졌다. 집에 가기는 고사하고 원룸 빌라 근처 공원을 수십 바퀴 돌다가 공원 벤치에 앉았다. 내 옆 벤치에는 공원에 자주 저녁 운동을 하러 나온 아줌마 두 명이 앉아 수다 떨고 있었다. 고요한 밤공기와는 다르게 시끄럽게 이어지는 아줌마들의 수다는 듣고 싶지 않아도 자연히 귀로 흘러 들어왔다.

"진수 엄마. 그 총각 봤어? 왜 우리 운동 나왔을 때 공원에서 자주 마주치던 우리 아파트 맞은편 원룸에 사는 젊은 총각 있잖어. 요새 안 보이더니 어제 지나가는데 완전히 평소랑 딴판이더라니까? 길가에 서서 혼잣말하는 모습 보고 기겁을 했어 나는."

"그 총각 바이러스 확진자 같은데? 이걸 신고해야 하나 모르겠네. 괜히 눈 마주치는 것도 감염되는 걸까 봐 불쾌하네."

"인사성도 밝고 운동 나와서 우리한테 음료도 나눠주던 착한 총각이었는데 괜히 불편하다니까 글쎄. 뉴스 보니까 신고해도 따로 격리하는 것도 없더라고."

그들의 대화에서 말하는, 아파트 맞은편 원룸에 살고 인사성도 밝고 누군가에게 잘 베푸는 성격은 이 동네에서는 호진뿐이었다. 게다가 나는 그가 종종 공원에 저녁 운동을 나가는 모습을 봤다. 직감적으로 그들이 하는 대화의 대상이 호진이라는 것을 느낄 수 있었다. 아줌마들은 호진이 바이러스 감염자라는 의심을 마음 깊은 한 구석에 자리한 채 기피하고 있었다. 이제는 그들에게 친절하게 대해줬던 호진을 착한 총각에서 불편과 불쾌한 대상으로 여기고 있었다. 그리고 걱정이 아니라 자신들에게 피해가 갈까 봐 불안해하는 모습은 과거 내가 겪은 아픔들을 떠올리게 했다.

나는 인간에게 상처받고, 나의 겉모습만 보고 판단하는 사람들이 싫어 결국 고립된 삶을 선택했다. 태어날 때부터 보호시설 문 앞에 버려졌다. 세상에 버림받은 나는 여전히 거기서도 못 돼먹은 선생의 밑에서 가르침이나 돌봄이 아닌 정서적, 육체적 학대를 겪었다. 사람의 몸에서 타악기와 같은 둔탁한 소리가 난다는 것을 그때 알게 되었다. 맞을 때마다 나는 그 소리가 내 고막까지 울리는 것만 같았다.

결국 도망치다시피 그곳을 뛰쳐나왔고 마땅히 지낼 곳이 없었던 나는 살기 위해 청소년 쉼터를 찾았다. 하지만 그곳에서도 원래 있던 친구들뿐만 아니라 새로 오는 친구들까지 나의 꾀죄죄하고 지저분한 생김새를 보고 말 한마디 잘 걸어주지 않았다. 내가 용기 내어 먼저 말을 건네기라도 하면, 슬그머니 자리를 피하거나 대놓고 더럽다고 꺼지라는 말을 서슴없이 뱉는 친구들도 있었다.

그런 인간들이 싫었지만, 지금 내 모습을 보니 그 인간들과 하등 다를 바가 없었다. 겉모습만 보고 호진이 모든 행복을 다 가진 사람이라고 생각했고, 자꾸 찾아오는 호진을 성가시게 여기며 마음 한구석에서는 그의 호의가 내키지 않아 피하기만 했다. 대가 없이 베푸는 그를 멋대로 판단한 사람은 다름 아닌 나였다. 잠시나마 아줌마들과 나는 다른 사람이라고 느낀 내가 창피했다. 나는 더 이상 아줌마들이 하는 이야기를 듣고 싶지 않아 무거운 발걸음을 뗐다. 집으로 돌아가면서도 호진의 생각이 머릿속을 모두 차지했다. 호진에게도 분명 지연처럼 내면의 아픔이 존재할 것이라고 생각했다.

세상에 버려진 것 같아 어떡해야 하냐는 그의 질문에 대답하지 못했다. 이제는 당장이라도 호진에게 사과와 함께 질문에 대한 답을 전해주고 싶었다. 나에게 다가와 먼저 손을 내밀었던 호진을 껍데기만 보고 판단하는 것이 아니라 그 숨겨진 알맹이를 보고 싶었다.

이런 생각을 하며 집으로 돌아온 나는 도착하자마자 어김없이 TV를 켰다. 이날 TV에서는 한국 연구진들이 최근 늘어나는 론 바이러스 감염자들을 분석한 결과, 바이러스 원인이 모두 사람에서 비롯된다는 결론을 발표했다. 인간관계에 어려움을 빚거나, 관계에 상처받거나, 삶에서 중요한 사람을 잃어서 등 인간에게서 비롯된 여러 가지 이유로 고통과 외로움을 견디다 못해 스스로 자책하는 행동들이 론 바이러스 형태로 나타난다는 내용이었다. 즉 심리적인 이유, 일종의 정신병 같은 것이었다. 어느 정도 나의 예상과 맞아떨어져서 별로 놀랍지는 않았다.

나는 긴 세월 우울과 외로움을 홀로 견뎌왔고 상처받을 관계 따위도 없었다. 다시 말해, 론 바이러스는 나에게는 전혀 해당 사항이 없는 것이었다. 나는 세상 사람들이 론 바이러스에 걸려 불행하기를 바랐지만, 내가 바이러스에 걸려 더 불행해질 일도 없다는 것이 한편으로는 비참했다. 바이러스가 퍼져가는 세상도 나와는 상관없는 일이라는 생각이 들면서도, 문득 지연과 호진이 떠올랐다. 그들에게 나는 어떤 존재였는지 궁금했다. 굳이 나에게 있는 인간관계를 꼽으라면, 그 둘 뿐이었기 때문이다. 내심 의미 있는 사람이기를 했으면 하는 바람이 들었다.

침대에 누워 호진과 지연에 대한 생각으로 잠긴 나는 꿈에서도 그
들을 또 만났다. 어김없이 같은 꿈이었다. 내가 사는 원룸 빌라 앞 아
파트 단지에서 지연은 위험하게 옥상 난간에 올라서서 손을 뻗고 있었
다. 내가 밑에서 '안 돼!'라고 소리치자 그녀의 시선이 밑을 향했고 체
념의 표정 그대로 손을 뻗은 채 떨어졌다. 원래라면 이 순간 슬로비디
오처럼 느려지다 꿈에서 깨어났다.

하지만, 또 지연의 얼굴에서 호진의 얼굴로 바뀌었다. 그래도 이 타
이밍이면 꿈에서 내가 깨어나야 했다. 항상 땅에 추락하기 직전에는
반드시 현실로 돌아왔었다. 하지만 꿈은 계속 이어졌다. 둔탁한 소리
와 함께 지연이, 아니 호진이 땅과 부딪혔다. 슬로비디오처럼 느려졌
던 상황이 원래의 속도를 되찾았다. 어떠한 움직임도 없이 홀연히 바
닥에 추락한 호진을 도저히 가까이서 마주할 수가 없어 온몸을 떨며
뒷걸음질 쳤다. 부들부들 떨리는 손으로 입을 틀어막았다. 멀찍이 이
광경을 목격한 주민들도 비명을 지르며 일제히 충격에 휩싸였다.

그렇게 눈이 떠졌다. 나는 눈을 뜨자마자 이불을 걷어차고 밖으로
뛰었다. 패딩도 깜빡할 만큼 추운 겨울 날씨도 개의치 않았다. 계단을
두세 칸씩 뛰어내리며 원룸 입구를 박차고 나갔다. 거친 숨을 몰아쉬
며 원룸 반대편의 땅바닥과 아파트 옥상을 번갈아 가며 쳐다봤다. 그
곳엔 생생한 꿈과 달리 아무 일도 없었다. 거친 숨과 안도의 한숨으로
하얀 입김이 계속해서 뿜어져 나왔다. 발길을 돌려세워 천천히 집을
향해 발을 다시 내디뎠다. 나는 바로 집에 들어가지 않고 옆집인 호진

의 집 문을 쾅쾅 소리 나게 두드렸다. 말소리는커녕 어떤 움직임의 소리조차 들리지 않았다. 항상 이른 아침에 출근하던 그가 혹시 나올까 봐 십 분을 더 집 앞에서 서성였다. 하지만 반가운 말소리는 끝내 들리지 않고 침묵만이 주변을 감쌀 뿐이었다.

며칠 동안 호진의 그림자조차 보지 못했다. 호진이 곧 자살을 결심할 것만 같고 그에게 다가올 죽음을 모른 척하는 것 같은 나의 불안감이 날이 갈수록 증폭됐다. 더군다나 호진이 나오는 꿈을 반복적으로 꾸었다. 그럴수록 내 머릿속에는 온통 그를 살려야 한다는 생각으로 뒤덮였다. 내가 지연에게 그랬던 것처럼 자살 징후를 알면서 또 모른 척할 수가 없었다. 휴대폰 달력 앱을 보면서 호진이 변한 시점을 날짜로 세어봤다. 한 달 내 자살에 이르게 될 가능성이 높다고 했으니 남겨진 시간은 얼마 남지 않았다. 그간 호진의 집 문을 몇 번이나 두들겼지만, 돌아오는 건 침묵과 문에 부착된 늘어나는 광고 전단지 뿐이었다.

그날도 캄캄한 어둠이 오고서야 퇴근을 했다. 더욱 급격하게 추워진 날씨에 패딩 주머니에 손을 찔러 놓고 몸을 움츠린 채 걸어가던 중이었다. 이날따라 집 주변이 어수선했다. 이웃 주민들은 하늘 위를 가리키며 수군덕거리고 있었다. 주민들이 손가락으로 가리키는 방향을 따라 위를 쳐다봤다. 아파트 단지 옥상 난간에 호진이 걸터앉아 있었다. 그 모습을 보자 반사적으로 어느새 내 두 다리는 미친 듯이 달리고 있었다. 계단을 오르는 동안 그가 위험한 선택을 할까 봐 다리 근육이 땅겨와도 어떤 생각할 겨를도 없었다. 옥상 문을 거칠게 열자 문과 벽이 쾅-하고 부딪히는 소리가 났다. 옥상에 퍼지는 굉음에도 불구하고 그는 난간에 걸터앉아 허공의 누군가와 대화를 나누는 듯 보였다. 옥상 아래에서는 사이렌 소리가 울려 퍼졌다.

눈물을 흘리며 애처로운 표정으로 허공과 대화를 나누고 있는 호진에게 천천히 다가가 발을 멈췄다. 그제야 호진의 시선이 자신보다 아래에 있는 나를 향했다. 흐리던 호진의 눈의 초점이 내 눈에 맞춰졌다. 그런 그를 향해 조심스럽게 손을 뻗었다. 우울했던 호진의 얼굴에 금방 화색이 돌면서 갑자기 그가 벌떡 일어섰다. 순간 무게 중심이 기울면서 그의 몸이 휘청였다. 나는 필사적으로 그에게 달려들어 그의 팔을 두 손으로 붙잡았다. 하지만 여전히 같은 표정으로 나를 바라만 보는 그에게 더 다급하게 소리쳤다.

"뭐 해요! 제발 빨리 난간 넘어와요!"

"연수야 어디 갔다가 이제 오는 거야……."

그는 떨리는 목소리로 나를 향해 어디 갔다 왔냐는 말을 반복하며 연인인 연수를 불렀다. 나는 외로움이 만들어 낸 세계에서 그를 구출하기 위해 무력으로 잡아 끌어내릴 수밖에 없었다. 그는 힘없이 내 쪽으로 떨어졌다. 호진의 무게가 나에게 실려 등의 통증이 느껴졌다. 호진은 상체를 일으켜 세워 주저앉은 채로 다짜고짜 내 팔을 잡아당겨 나를 꽉 껴안았다. 그의 몸의 떨림에서 슬픔이 전해져 오는 것만 같았다. 나는 그저 말없이 손으로 호진의 어깨를 토닥이거나 등을 반복해서 쓸어내렸다. 경찰과 구급대원이 옥상으로 올라왔다. 나는 그들을 향해 잠깐만 기다려 달라고 입 모양으로 시늉하며 양해를 구했다. 거의 이십 분가량 울던 호진은 그제야 내 품에서 고개를 들어 나를 쳐다 봤다. 그는 주변을 두리번거리다 다시 내 눈을 응시하고는 뒤로 털썩 주저앉았다.

현실을 직시한 그는 주저앉은 몸을 일으켜 나에게 고개를 숙이며 미 안하다고 말했다. 옥상에 남아있던 경찰이 우리를 원룸 입구까지 데려 다주면서 오늘은 아무 생각 말고 푹 쉬라고 당부했다. 경찰이 가고 난 후 호진은 여전히 고개를 숙인 채 계단을 터덜터덜 올라갔다. 나는 그 런 그를 뒤따랐다. 집에 들어가기 전 그는 나에게 다시 한번 거듭 미안 하다는 말을 전했다. 사과의 말을 끝으로 문고리를 돌린 그의 이름을 다급히 불렀다.

"호진 씨. 우리 차 한잔해요. 오랜만에."

호진을 우리 집으로 초대했다. 불편함에 피하기만 했던 누군가를 내 의지로 나의 공간에 안내하는 건 처음이었다. 나는 냉장고 위 상자 에 쌓아 두었던 커피믹스 두 개를 꺼냈다. 살림살이가 변변치 않아 그 냥 냄비로 끓인 물을 플라스틱 컵에다가 들이부었다. 커피믹스 가루를 쏟아붓고 숟가락으로 휘휘 저어 바닥에 앉아있던 호진에게 건넸다. 호 진은 두 손으로 컵을 잡고 강추위에 얼음장처럼 차가운 손을 먼저 녹 였다. 나도 그 앞에 앉아 말없이 컵에 든 커피를 조금씩 마셨다. 우리 사이에는 무슨 말을 어찌해야 할지 몰라 정적만이 흘렀다. 그 정적을 깬 것은 호진이었다.

"죄송해요. 저……바이러스 감염자인데 불편하시면 지금이라도 나 갈게요."

"전염성이 없다는 거 알잖아요. 호진 씨도."

"그래도 다 피하던걸요. 론 바이러스 확진자인 사람들이 왜 결국 자살에 이르는지 알 것 같았어요. 바이러스에 걸렸다는 이유로 기피 대상이 되니까요. 사람들과 단절돼요. 고립되고. 그럼 사람으로 생긴 마음의 병은 어떻게 치유해야 할까요."

마음의 병. 그래 나도 그동안 마음의 병을 끌어안고 살아왔는지도 모르겠다. 가는 곳이 편의점과 집밖에 없는 단조로운 패턴의 내 생활은 삶의 의미도 가치도 없는 듯 보였다. 인간에게 상처받아 인간을 때로는 경멸했다. 치료의 방법은 딱히 없었다. 하지만 가끔 나에게 관심을 보이거나 호의를 베풀었던 인간들에게 따뜻한 감정을 느꼈던 것을 보면, 나는 아직도 사람이 필요한 사람이었다. 그래서 지푸라기라도 잡는 심정으로 호진을 애타게 찾아다녔던 것 같다. 다가오는 그를 불편해하면서도 완전히 내치지 않았던 이유는 남들과 달랐던 그를 닮고 싶어서였다.

여러 생각에 빠진 나에게 호진은 바이러스에 걸린 이유를 설명했다. 내가 본 호진의 집안 벽에 걸려있던 가족사진은 그의 마지막 가족사진이었다. 그 후 우울증을 진단받았다. 그는 극복하기 위해 오히려 사람 곁을 찾았다. 그렇게 봉사활동을 하며 만난 연수는 자신에게 늘 밝은 에너지를 주었다고 했다. 그녀가 투병 생활로 고생을 하던 때였음에도 불구하고 말이다. 그녀와 만남을 시작한 뒤로 호진은 오지랖처럼 느껴질 정도로 베풀고, 정이 많은 그녀의 성격을 빼닮아 가게 되었다. 호진은 연수 덕분에 새로운 삶을 살게 된 것이나 마찬가지였다. 호진에게는 흙 속의 진주 같던 연수였지만, 진주처럼 반짝였던 그녀는 이제 하늘의 별이 되어버렸다. 그녀는 길어지는 투병 생활에 머리를 밀어야 했고, 몸은 점차 말라갔다. 꾸미는 걸 좋아하고 늘 자신감이 넘쳤던 그녀는 사람들이 건네는 동정 어린 시선을 견디다 못해 론 바이러스에 걸렸다. 그녀는 오랜 암 투병으로 희망도 미래도 불투명한 삶을 떠나기 위해 결국 자살을 택했다. 그것도 호진이 보는 눈앞에서. 호진에게는 지울 수 없는 기억이자 상처였다.

이후 그는 몰아쳐 오는 우울한 감정을 이겨 내기 위해 신경 안정제를 처방받기도 했지만, 며칠간 복용해도 소용없었다. 끝으로 그는 특정 사람에 대한 모든 기억을 지워버리는 약이 개발되지 않는 이상, 론 바이러스 증상은 호전되지 않는 지독한 마음의 병이라고 말했다.

"그리고 오늘 내 손잡아줘서 정말 고마워요. 많은 힘이 됐어요."

"아니에요. 여러모로 미안합니다. 다가와 주는 호진 씨를 계속 피하기나 하고……. 행복해 보여서 부러웠고 질투나 했던걸요."

나를 경멸하듯 쳐다보던 인간들도, 한없이 따뜻하게 해주던 인간들도, 각자 저마다의 사정이 있다는 것을 난 간과했다. 호진의 이야기를 들으며, 그간 호진을 향한 내 생각들이 마냥 창피했다. 내 상처만 쳐다보기에 급급해서 아픔을 가리려 겉치레한 인간들을 정말 겉으로만 판단하고 있었다. 그 사람의 삶에 판단을 내리고 심지어 불행하기를 빌기도 했다. 나는 다른 사람들과 선을 긋고 그 선 밖의 세상은 내다볼 필요가 없다고 여겼다.

"이제 어떡해야 하냐고 저에게 물어봤었죠. 저도 잘은 모르지만……. 앞으로 우리 이렇게 자주 봐요. 자주 보고, 바이러스든 뭐든 같이 이겨내요."

내 말을 듣던 호진의 입가에 미소가 번졌다. 서로 무어라 크게 말하지 않아도 다 안 다는 듯.

호진이 나에게 손을 내밀어 악수를 청했다. 불안감으로 손톱을 물어뜯은 호진의 손가락에는 피딱지투성이였다. 손목에는 자해한 흔적이 보였다. 그동안 외로움과 슬픔을 이겨내려 몸부림쳤던 그의 아픔을 고스란히 느낄 수 있었다. 그의 거친 손을 꽉 쥐어 잡고, 어색하지만 그를 따라 입꼬리를 올렸다.

나는 인간에게 상처받은 마음을 다시 인간에게 치유받을 수 없다고 생각했고, 사람들을 멀리하기 시작했다. 하지만 호진은 더 이상 외로워지고 싶지 않아서 사람을 찾았고, 정말 신기하게도 연수 덕분에 새 삶을 얻기도 했다. 나와 같은 외로움을 겪은 사람이 또 한 번 사람에게 마음을 치유받을 수 있다는 것이 믿기지 않으면서도 그를 보며 다시 믿고 싶어졌다. 그래, 이제는 정말 용기 내어 고립된 삶을 청산하고 누군가의 어깨에 잠시나마 기대고 싶었다.

뉴스에서 말한 한 달이 지났지만 호진은 여전히 예전 같지 않았다. 볼 때마다 얼굴에 그늘이 진 것처럼 어두웠다. 사실상 한 달이 지나도 자살하지 않은 론 바이러스 확진자들은 통상적으로 완치자나 다름없었다. 완벽한 완치도 치료도 없었기 때문이다. 반복해서 꾸던 꿈도 호진을 무사히 구한 뒤로는 한 번도 꾸지 않았다. 또 최근 뉴스에서는 식품의약품안전처가 론 바이러스를 잠재울 수 있는 먹는 약을 개발하고 있다는 소식이 보도됐다. 그 뉴스를 보며 호진이 했던 말 때문인지는 몰라도 지독한 마음의 병에 처방될 수 있는 약이 개발될 수 있을지 의구심이 먼저 들었다.

다행히 호진은 길게 연차를 내고 쉬던 회사에 다니기 시작했다. 나는 호진이 회사 가는 시간에 맞추어 나가기 위해 집안 문 앞에서 기다렸다. 며칠간은 그를 가까이해야 불안한 내 마음이 조금은 사그라들 것 같았다. 그러다 옆집에서 문소리가 나면 항상 우연인 척 나가 그와 함께 출근하기 시작했다. 내가 일하는 편의점과 호진의 회사 방향이 같아 공원 입구까지는 같이 걸어갈 수 있었다. 호진은 처음 몇 번은 자신의 출근 시간에 맞추어 나오는 나를 어리둥절한 표정으로 바라봤다. 나는 매번 '이제 출근하세요? 우연이네요.'라는 말로 인사를 건넸다. 같은 상황이 일주일 정도 반복되자 그날 호진은 최근 표정 없는 얼굴과 달리 나에게 이유 모를 웃음을 지어 보였다. 그 웃음의 영문을 몰라 나는 그저 다행이라고만 여겼었다.

한날은 살짝 늦잠을 자는 바람에 호진의 출근 시간보다 오 분 정도 늦게 집을 나오게 되었다. 호진은 헐레벌떡 옷을 주섬주섬 입으며 나오는 나를 집 앞에서 기다리고 있었다. 패딩을 미처 다 입지 못한 나는 마저 걸쳐 입으며 어색하게 웃었다.

"이제 출근하세요? 우연이네요." 호진이 활짝 웃으며 한 말이었다. 나는 민망함에 괜히 얼굴이 살짝 뜨거워졌다. 함께 걸어가며 호진이 말을 꺼냈다.

"고마워요. 이렇게 걱정해주는 사람이 곁에 있다는 게, 누군가가 내

가 잘 살아주기를 바란다는 게 새삼 큰 힘이 된다는 걸 느껴요. 요즘은
덕분에 잠도 잘 자는 것 같아요."

부담스러워 할까 봐 일부러 우연인 척했지만 이 방법은 쉽게 탄
로 났다. 나에게는 최선의 방법이었다. 호진의 고맙다는 인사가 고마
웠다.

"호진 씨도 제가 잘살고 있는지, 잘 지내는지 자주 찾아왔었잖아요.
저는 잘 몰랐지만 이제 그 마음이 어떤 마음인지 알 것 같아서요. 고맙
단 말은 제가 꼭 하고 싶은 말이에요."

호진의 말을 듣고 있으니 요즘 따라 잠을 잘 자는 것은 나 역시 마찬
가지였다. 끔찍한 악몽을 꾸던 것과 달리 요즘 내 꿈은 밤처럼 고요하
기만 했다. 즉 호진은 물론이고 항상 찾아왔던 지연은 이제 나타나지
않았다.

호진은 굳이 자신의 출근 시간에 맞춰 나오지 않아도 된다고 말했
다. 나의 출근 시간이 언제인지 그는 정확히 알고 있었다. 사실 평소
나오는 것보다 삼십 분은 빨리 나오는 것이기 때문에 근처를 배회하다
출근 시간에 맞춰 편의점으로 들어갔었다. 호진과 헤어지고 나서 편의
점으로 걸어가던 중 핸드폰이 울렸다. 보나 마나 매일 같이 오는 재난
안전문자임이 틀림없다. 휴대폰을 볼 때마다 론 바이러스 확진자는 지
난 며칠 동안 지속적으로 증가했었다. 오늘은 확진자 수가 오십, 사망
자 수는 열다섯이었다.

이날은 일이 끝나고 집으로 돌아가는 길에 약국에 들러 흉터 연고를
구입했다. 호진의 손에 남아있던 상처가 계속 마음에 거슬렸기 때문이

다. 집에 가기 전에 먼저 호진의 집 문을 두드렸다. 반갑게 나를 맞아 주는 호진의 집으로 들어갔다. 호진은 마침 주문한 저녁 식사가 막 배달 왔다며 같이 먹자고 제안했다. 그는 망설이는 나의 팔을 잡고 집안으로 끌어당겼다. 김이 모락모락 피어나는 뜨끈한 국밥을 호호 불어 먹는 호진의 손과 손목은 여전히 상처로 가득했다. 고작 내가 사 온 흉터 연고로 사람이 입은 상처를 쉽게 지울 수 있을지 의문이 들었다.

"요즘은 잘 지내고 있죠?" 많은 의미가 담긴 나의 말이었다. 갑자기 찾아오는 우울에 눈물을 쏟는 것은 아닌지, 자해로 자신을 괴롭히지는 않는지, 찾아오지 못하는 사람이 환각으로 찾아오는 것은 아닌지.

"그 외로움에서 영원히 못 벗어날 것 같은 느낌이었는데, 참 신기하게도 좀 나아졌어요. 난 이렇게 생각해요. 우리는 다 외로움과 상처가 있고, 그 흔적을 덮을 무언가를 통해서 극복하면서 살아간다고."

호진의 대답에 주머니 속에서 손가락을 꼼지락거리며 꺼낼까 말까 고민하던 흉터 연고를 도로 밀어 넣었다. 호진이 예전에도 말했던 것처럼 상처는 기억을 지우는 약이 개발되지 않는 이상 지울 수 없다. 그냥 그 위에 또 다른 좋고 행복한 기억들을 덧입혀서 극복하며 살아갈 뿐이다. 이 말을 듣자 나도 나의 상처를 덮을 그 무언가를 찾고 싶다는 마음이 들었다. 뜨끈한 국밥을 호진과 나눠 먹었다. 이 국밥을 먹고 있으니 내 마음까지 뜨거워지는 기분이 들었다.

며칠 뒤, 편의점 아르바이트를 마치고 집으로 돌아가던 중 누군가 내 어깨를 손가락으로 툭툭 쳤다. 인기척에 고개를 돌리니 호진이 아이처럼 해맑게 웃으며 나를 따라오고 있었다. 퇴근하던 그는 앞에서 걸어가는 내 모습을 보고 뒤에서 조용히 따라왔던 것이었다. 다시 예전처럼 돌아온 그의 웃음이 문득 반가웠다. 어색했던 나의 입꼬리도 이제는 그를 따라 어느 정도 자연스러워졌다. 그는 할 말이 있다며 같이 저녁을 먹자고 제안했다. 예전과 달리 일 초의 망설임도 없이 그 제안을 흔쾌히 수락했다. 그와 나는 서로의 짐을 나눈 사이가 될 만큼 가까워졌다. 못할 것 같던 나의 이야기도 조금씩 할 수 있는 이웃 주민이 생겼다는 것이 내 삶에 많은 변수를 가져다줄 것이라고 상상하지 못했다.

호진의 집으로 들어와서, 호진은 퇴근 전 미리 시켜 놓은 배달 음식의 포장을 뜯어 테이블에 세팅했다. 편의점에서 벌어들이는 수입으로는 내 입 하나 풀칠하기 바빴기 때문에, 최근 들어 자꾸만 밥을 얻어먹는 것 같아 호진에게 빚지는 기분이 들었다. 맛있게 먹는 자신과 달리 호진은 나의 어두운 표정을 발견하고는 왜 먹지 않냐고 다그쳤다. 그런 그에게 나는 솔직하게 내 감정을 털어놓았다. 호진은 나의 대답에 씨익 웃더니 숨겨 놓았던 할 말을 꺼내기 시작했다.

"내 목숨도 구해준 사람이 뭐가 그렇게 빚을 진다고. 그렇게 빚지는 게 싫으면, 내 부탁 하나 들어줄래요?"

"뭔데요?"

"우리 회사에 자리가 하나 났어요. 업무 지원직인데 꼭 해줬으면 좋겠어요! 원하면 바로 면접 일자 맞추려고요."

계획에도 없던 갑작스러운 회사 면접 제안에 어안이 벙벙했다. 어리숙한 내가 회사에서 적응을 할 수 있을지도 모를뿐더러 괜히 호진과 다른 회사 사람들에게도 민폐가 될 것만 같았다. 오히려 더 빚지는 기분이 들어 거절하려고 입을 떼는 순간, 호진이 내 말을 싹둑 잘랐다.

"아! 거절은 거절합니다. 부담 가질 필요 없어요. 그냥 단기 계약직이고, 하는 거에 따라 계약 연장할지 말지 정하는 거라서요. 당장 엄청 급한 일인데, 들어줄 거죠?"

나는 어찌할 줄 몰라 어색한 미소만 띤 채 그를 바라보기만 했다. 호진은 밥을 먹다 말고 자리에서 벌떡 일어나 옷장을 열어 옷걸이에 걸린 네이비 색의 정장을 내 앞으로 가지고 왔다. 한 손으로는 옷걸이에 걸린 정장을 잡고 한 손으로는 내 팔을 당겨 날 일으켜 세웠다. 어리둥절한 나를 집안 모서리에 있는 전신 거울 앞에 세웠다. 호진은 내 뒤에 서서 정장을 내 몸 앞으로 가져다 댔다. 거울로 내 어깨 너머 호진의 얼굴을 바라봤다. 호진은 재킷의 팔 부분을 내 팔에 맞춰보며 고개를 끄덕였고, 정장이 걸린 옷걸이를 그대로 손에 쥐어 줬다.

"이 정도면 얼추 맞겠네요. 면접 날짜 나중에 알려줄 테니까 입고 와요. 갈 때 신발장에 있는 구두도 챙겨줄게요."

"아, 호진 씨 저는……."

"입고 와요! 알겠죠?"

호진의 기대에 찬 듯한 반짝거리는 눈망울에 나는 마지못해 고개를 끄덕거렸다. 호진은 거울 앞에 벙찐 나를 세워둔 채 먹다 만 밥을 다시 앉아서 먹기 시작했다. 그와의 저녁 식사를 마치고 집으로 돌아와 그가 준 정장을 보석 만지듯 소중히 다루며 옷장의 손잡이에 걸었다. 침대에 몸을 던지듯 누웠다. 고개를 돌려 옷걸이에 걸린 정장을 바라봤다. 나는 마음의 결심이 서자마자 호진의 집을 나오면서 아르바이트 때문에 면접 날짜는 주말로 잡아 달라고 말했었다. 피하기만 했던 호진을 마음에서 진심으로 받아들이고 나니, 흑백 영화처럼 단조롭기만 했던 나의 삶에 색을 찾은 기분이었다. 그에게서 열심히 살아가는 방법과 용기를 조금씩 배우고 있다. 죽고 싶을 만큼 외로웠고 홀로였던 나는 이제 세상 밖으로 한 걸음씩 걸어 나갈 준비를 하고 있었다.

혹시 호진이 다니는 회사에 합격하게 된다면 민폐가 되고 싶지 않았다. 나는 최근 편의점에서 틈틈이 시간이 날 때마다 컴퓨터 관련 자격증을 취득하기 위해 책을 사서 공부하기 시작했다. 학교에 제대로 다닌 것도 아니고, 펜 한 번 제대로 잡아보지 못한 내가 공부한다는 것이 스스로 어색했지만, 즐거웠다. 여백뿐이었던 내 삶에 첫 장을 만드는 기분이 들었기 때문이다. 면접 날이 점차 다가와도 긴장되었지만 설렘이 더 컸다.

면접을 도와준다는 호진의 제의를 한사코 거절했었다. 나의 의지로 꼭 면접에 붙고 싶었다. 그렇게 떨어지더라도 솔직히 상관없었다. 나라는 사람을 누군가에게 소개한다는 것 자체만으로 나에겐 큰 변화였기 때문이다. 예전이라면 회피하고 싶은 자리였겠지만.

짧은 기간이었지만, 그간 나에게 생긴 또 하나의 변화는 잘 보지 않던 거울을 자주 보게 되었다는 것이다. 면접을 준비하며 거울 속 나의 모습을 유심히 바라보게 되었다. 내 얼굴을 가까이서 보는 게 정말 오랜만이었다. 미용실 가는 돈도 아까워 집에서 주방 가위로 잘라내던 머리카락은 삐죽거렸다. 로션을 잘 바르지 않는 얼굴 피부는 푸석했고, 정연하지 못한 눈썹결은 지저분했다. 입술은 부르트다 못해 딱지가 앉을 정도였다. 그동안 마주하지 않았던 내 자신을 보니 알 것도 같다. 사람들이 나를 피한다고 나쁜 사람 취급하며 그들을 욕할 처지가 아니었다. 그동안 날 한결같이 대해준 호진에게 고마움을 또 한 번 느꼈다.

면접 당일, 나는 평소보다 더 일찍 눈을 떴다. 세수하고 나온 뒤 책상에 놓인 얼굴 정도 되는 크기의 거울을 바라봤다. 그곳엔 얼마 전까지만 해도 꾀죄죄했던 모습과 달리 꽤 말끔해진 모습의 내가 있었다. 삐죽거리던 머리카락을 미용실에 가서 정돈했다. 화장품 가게에서 주뼛거리던 나에게 다가온 직원이 이것저것 제품을 추천해줘서 안 하던 짓을 하게 됐다. 그날 난 한 번도 하루에 소비해본 적 없던 돈을 쓰게 되었다. 후회는 없었다.

거울을 보며 준비한 자기소개를 마지막으로 연습했다. 자기소개는 가장 어려운 질문이었다. 살아온 인생이 단출한 내게 내세울 만한 것은 딱히 없었다. 온종일 나에 대해서만 고민했다. 고민 끝에 지난 몇 년간 단 한 번도 지각없이 아르바이트해온 나를 성실한 사람이라고 소개하기로 했다. 한 시간 정도 연습하다 호진이 준 정장을 바지부터 입었다. 허리가 살짝 큰 탓에 벨트를 조였다. 와이셔츠와 재킷까지 마저 입은 뒤 서둘러 집을 나섰다. 집에 전신 거울이 없는 탓에 현관문에 비치는 실루엣을 확인하기 위해서였다. 한참 서서 내 모습을 확인한 뒤 기대를 마음에 품은 채 호진의 회사로 향했다.

면접은 약 이십 분 정도 소요됐다. 처음이라 잘 본 건지 알 수는 없

었지만, 끝난 내 기분은 마냥 홀가분했다. 내일이면 면접 결과를 문자
로 알려준다고 말했다. 회사에서 나와 한참 걸어가고 있는데, 뒤에서
호진의 목소리가 들려왔다. 뒤를 돌자 호진이 머리 위로 손을 흔들고
있었다. 거리가 조금 있는데도 손을 흔드는 호진의 손목에 선명한 자
국이 눈에 먼저 보였다. 그의 상태가 혹시 나빠진 건가 하고 달려오는
호진을 걱정스럽게 쳐다봤다. 호진은 내 앞에 멈춰 서서 손으로 내 어
깨를 탁 치며 수고했다고 말했다. 내가 그의 손목만 쳐다보는 걸 눈치
챈 호진은 옷소매를 걷어 나에게 손목을 보여줬다.

"아, 저 문신했어요. 어때요?"

나의 걱정과는 다르게 그의 손목엔 나무 그림의 타투가 있었다. 타
투로 인해서 그의 자해 흔적이 가려져 잘 보이지 않았다. 그는 한자리
를 지키는 나무처럼 한결같고, 누군가의 그늘이 되어주는 사람이 되고
싶어 나무를 그려 넣었다고 말했다. 새삼 그의 집에서 저녁을 먹을 때
상처를 다른 무언가로 극복하며 살아간다는 그의 말이 떠올라 웃음이
났다. 나는 그에게 오늘 비싼 저녁 한 턱 내겠다며 고마운 마음을 전
했다.

고맙단 인사를 남기고 오늘 해야 할 일이 남아 있었기 때문에 또다
시 바쁘게 걸음을 옮겼다. 내가 향한 곳은 근처 꽃집이었다. 다양한 종
류의 꽃이 있어서 어떤 것을 사야 할지 고민되었다. 그러다 은은한 보
랏빛에 분홍빛이 물든 것 마냥 피어난 꽃 앞에서 내 발이 딱 멈춰졌다.
한 꽃에 매료되어 있는 나에게 꽃집 사장이 다가와 말을 걸었다.

"예쁘죠? 이 꽃은 팔레놉시스라고, 호접란이에요. 꽤 가정에서도 많

이 키우는 꽃인데, 꽃말이 행복이 날아든다는 뜻이거든요. 애정을 표현하는 꽃이기도 해요."

꽃말을 듣자마자 구매하고 싶은 마음이 솟아났다. 내 마음을 전할 의미 있는 선물이 필요했기 때문이다. 나는 망설임 없이 이 꽃을 구매하겠다는 의사를 사장님께 내비쳤다. 구매한 작은 꽃다발을 손에 들고 가게를 나섰다.

내가 향한 곳은 납골당이었다. 환하게 웃는 사람의 사진이 있는 납골함 앞에서 움직임을 멈췄다. 그곳엔 지연이 있었다. 사 온 미니 꽃다발을 납골함 유리에 부착했다. 납골함 안 지연의 사진 옆에는 글자가 적힌 포스트잇 하나가 붙어있었다.

'우리 딸, 힘내! 그곳에서는 부디 외롭지 않길 바랄게.'

그 문구에 가슴이 뭉클해졌다. 그녀가 듣고 싶던 말이었을 테고, 내가 듣고 싶었던 말이기도 했다. 한참을 거기 서서 지연의 사진을 바라보다 허리를 숙여 지연에게 인사했다. 나와 같은 너를 모른 척해 미안했다고, 그리고 날 찾아와줘서 고마웠다고, 그리고 꼭 행복하라고. 그렇게 전했다.

납골당 밖으로 나왔다. 오늘따라 유달리 하늘이 파랬다. 지연이 옥상 난간에 올라서서 손을 뻗던 그날처럼. 곧 봄이 오기 전이지만, 아직 공기는 차가웠다. 눈을 감고 고개를 하늘 위로 치켜들었다. 찬 공기를 코로 한껏 들이마시자 폐까지 시원해지는 기분이 들었다. 그대로 두 손을 가슴 쪽으로 가지런히 모았다. 나에게 한 가지 딱 하나 바라는 것이 생겼기 때문이다. 외로움에 홀로 치열하게 싸워오고 있는 모든 이

들이 치유받는 세상이 받는 오기를 바란다. 인간관계에 진절머리가 나더라도 필연적으로 우리는 얽혀 살아간다. 미움받고, 상처 주고, 또 미워하고, 후회하고……. 관계가 그렇고, 인간이 그렇다. 내가 겪은 바로는 마음의 병에는 어떠한 항체도 만들어질 수조차 없었다. 그럼에도 불구하고 마음의 상처를, 론 바이러스를 해결하는 열쇠는 바로 인간이라는 사실을 알게 되었다.

하늘에 작은 바람을 전하자마자 핸드폰에 문자 알림이 울렸다. 어제보다 증가한 론 바이러스 확진자 수와 사망자 수가 핸드폰 상단에 떠 있었다. 여전히 줄어들 기미는 보이지 않았다. 우리가 앞으로 해결해야 할 숙제였다.

이날 나는 집으로 돌아가서 기분 좋은 꿈을 꾸었다. 지연이 나오는 꿈이었다. 매번 나타나던 장소인 옥상이 아니라 내가 일하고 있는 편의점이었다. 밝은 종소리와 함께 지연이 편의점으로 들어왔다. 나는 들어오는 지연을 바라보며 자동으로 입가에 미소가 번졌다. 꿈속에서 그날은 지연 외에 편의점에 방문하는 손님은 없었다. 그 공간에서는 대화와 웃는 소리가 끊이질 않았다. 아주 짧고 긴, 단꿈이었다.

까미

이유경

이유경   1997년 경산에서 태어났다. 별명은 할매다. 친구들은 나를 이름 대신 별명으로 부른다. 때문에 내 이름이 어색할 때도 있다. 개털 알레르기가 있지만 개를 좋아한다. 어린시절 인상깊게 읽은 도서는 돌아온 진돗개 백구이다. 어린시절 추억들을 소중히 여기며 간직하고 싶어하는 편이다. 길에 있는 나무가 갑자기 움직이며 춤을 추지 않을까와 같은 동심 가득한 창의적인 생각들을 자주 한다.

  새로운 만남은 뜬금없이 찾아오기 마련이다. 어떤 인연이 될지 모른 채. 동네 슈퍼에서 평소처럼 엄마와 장을 보고 집으로 향하고 있을 때였다. 동네에 새로운 놀이터가 생겼는데 지역마다 다르게 불리긴 하지만 우리 동네에서는 붕붕 이라 불렸고 통상적으로는 트램펄린이라고 불리는 기구였다. 여러 명의 아이들이 한데 섞여 뛰는 모습이 나의 눈 속에 들어왔다. 역동적인 움직임에 시선을 뺏겨 쳐다보고 있는데 주인 할머니께서 나오시어 한번 타보라며 권유를 하셨다. 하지만 나보다 큰 언니, 오빠들이 많아서 유치원생이였던 내가 같이 타기엔 위험해 보였는지 엄마는 허락해 주시지 않으셨다. 아쉽지만 발길을 돌리려는데 개 발자국 소리가 들렸다. 무슨 소리일까 싶어 뒤를 돌아보니 개두 마리가 서 있었다. 하나는 주황색에 포메라니안이라는 종의 개였고 하나는 귀부터 꼬리까지 까맣고 갈색의 눈을 가진 종을 모르는 개였다. 할머니께서 알려주시길 주황색 개는 제니라는 이름의 개고 까만색은 까미라는 이름의 개라고 하셨다. 개털 알러지가 있지만 어려서부터 개를 좋아했던 나는 조그맣고 귀여운 모습의 제니에게 마음이 뺏겼다.

어린이집을 하원 하자마자 나는 어제 보았던 그 개가 보고파 다시 찾아갔다. 어제 잠깐 봤는데 나를 기억하는지 두 마리가 꼬리를 흔들며 나에게 달려왔다. 어제 보았던 주황색의 개가 너무 좋아서 나는 제니만 쓰다듬어 주었다. 까미도 관심을 받고 싶었는지 떠나지 않고 내 옆에 서 있었지만 이미 제니에게 마음이 빼겼던 나는 관심을 주지 않았다. 다음 날도 그다음 날도 매일같이 제니를 찾아갔다. 그때마다 까미는 저를 싫어하는 내가 밉지도 않았는지 밀어내면 밀어 낼수록 끈질기게 달라붙었고 내가 제니만 예뻐하는 게 질투 났는지 제니에게 시비를 걸기도 하였다. 나는 그런 까미의 모습을 볼 때마다 까미가 더 싫어졌다. 한 날은 질리도록 나를 반겨주는 까미가 귀찮아 주위에 있는 돌을 집어 까미에게 던지기도 했었다. 돌에 맞진 않았지만 놀란 까미는 깨갱 거리며 멀리 달려가다가도 나의 눈치를 보면서 슬금슬금 나에게 다가왔다. 짜증이 나 홧김에 한 행동이였지만 돌을 던지는 순간 아차 싶은 마음이 들었던 난 그런 까미의 모습을 보며 "넌 나의 어디가 그렇게 좋니?"라고 까미에게 무심히 말하며 까미의 머리를 슬쩍 쓰다듬어 주었다. 그러자 까미가 기분이 좋다는 듯 꼬리를 살랑거렸다.

이제는 하루의 일상이 된 듯 가벼운 발걸음으로 제니를 만나러 갔었다. 웬일인지 항상 둘이서 달려오더니 이 날은 까미만 나를 반겨주었다. 돌을 던진 이후로 조금 미안한 마음이 생겼었던 나는 반겨주는 까미를 살짝 쓰다듬곤 까미를 지나쳐 제니를 찾으러 갔었다. 집에 있을 확률이 높아 그곳에 가보았는데 없었다. 근처에서 놀고 있었나 싶어 주변을 살펴봤지만 없었다. 동네에 산책을 하러 갔나 싶어 기다리는데 아무리 기다려도 제니는 모습을 나타내지 않았다. 무슨 일인가 싶어 주인 할머니께 제니가 안 보이는데 어디 갔냐고 물어보니 할머니께서도 어딜 갔는지 아침부터 보이지 않는다고 말씀하셨다. 동네에 차가 많이 돌아다니는 만큼 교통사고라도 당해 어딘가에 쓰러져 있을까 걱정이 되어 나는 동네 구석구석을 돌아다니며 제니를 찾기 시작했다. 해가 늬엿늬엿 질 때까지 찾아봤지만 정말 어디로 증발해버린 건지 제니는 끝내 찾지 못했다. 실망감에 바닥을 쳐다보며 터벅터벅 걷고 있는데 저 멀리서 개 발자국 소리가 들렸다. 제니인가 싶어 고개를 홱 올려 앞을 보니 까미가 보였다. 나를 향해 달려오던 까미는 날 보더니 점차 발걸음을 늦추었다. 순간 우리 둘은 적정한 거리를 유지한 채 한참을 서로 눈을 맞추었다. 지금 생각해보면 이때 아마 까미도 제니를 찾아 동네를 돌아다닌 것이 아닐까 하는 생각이 무의식 속에 있었던 것 같다. 서로 눈빛을 교환하던 것도 잠시 "야! 너 때문에 제니가 없어졌잖아!"라고 말하며 정적을 깬 나는 뒤를 돌아 까미와 반대 쪽으로 걸어갔다. 그러자 까미는 내 뒤에서 거리를 유지하며 나를 따라왔다. 제니가 사라진 게 까미의 잘못은 아니였다. 하지만 주인 할머니께서 제니보다 까미를 더 예뻐하셨고 제니가 사라졌는데도 제니를 찾지 않으시는 게 다 까미가 있어서 그런 것이라고 생각이 들었다. 어린 마음에 까미가 미우면서도 그렇게 싫어하는 티를 냈는데도 끈질기게 나를 좋아해 주는 까미의 모습에 내 마음이 싱숭생숭했다. 계속해서 저를 따라오는 까미에게 돌아서며 "따라오지 마!"라고 말하며 내 갈 길을 가자 내 말을 알아들었는지 까미는 가만히 서서 내가 사라지는 모습을 지켜

보기만 할 뿐이었다.

습관이 되어버린 제니를 찾아가는 일. 제니가 실종된 다음 날 나는 할머니가 운영하시는 트램펄린이 있는 곳으로 습관처럼 향했다. 언제나처럼 까미는 나를 향해 달려왔고 난 달려오는 까미를 보며 무의식적으로 여기에 왔다는 사실을 깨달았다. 내 발밑에 선 채 나를 올려다보는 까미를 얼마나 바라보았을까. 말없이 다시 한번 눈을 맞추고 있던 우리는 어떤 마음이었을까. 슬며시 주저앉으며 까미와 눈을 맞춘 나는 끌리듯이 손을 들어 까미를 쓰다듬었다. "넌 진짜 내 어디가 그렇게 좋은데?"라고 말했을 때 까미는 그저 나와 눈을 맞추며 혀를 핥짝거렸다. 마치 제니를 잃은 나를 위로 해주듯이. 그러면서 내 품에 더 파고들은 까미를 보며 피식 웃음이 났다. 지난 밤 곰곰이 생각을 하며 머릿속을 정리하는데 어째선지 제니의 모습보다는 이제껏 자신이 외면했지만 항상 나를 좋아해 주던 까미의 모습이 순간순간 사진처럼 머릿속에 스쳐 지나갔었다. 그리곤 마지막으로 헤어질 때를 생각해보니 나의 눈치를 살피며 꼬리를 살랑살랑 흔들며 다가오던 모습이 어쩌면 나를 위로해주기 위해 까미가 제니를 찾아다닌 것이 아니라 나를 찾아다닌 것이 아닐까 하는 생각이 들었다. 계속해서 혀를 날름 거리며 제 품에 안긴 까미의 모습을 보자 나를 진짜 좋아해 주었던 이는 여기 있었는데 그것도 모르고 내가 외면 했구나라는 마음이 들어 까미를 연신 쓰다듬어 주었다. 그래. 내가 이제껏 예뻐해 주지 못해서 미안해. 앞으로는 많이 사랑해 줄게라며 마음속으로 다짐을 하였다.

발 끝에 감각이 없어 질 듯 시리도록 추운 날, 까미는 임신을 하게 되었다. 아이들의 아버지는 누군지도 모르는 채. 엄연히 주인이 있는 까미였지만 할머니께선 까미를 밖에 풀어놓고 키우셨고 목줄도 채워지지 않은 까미는 누가 보면 유기견으로 착각할 법 했다. 유기견처럼 동네를 자유롭게 돌아다니던 까미는 누구의 씨 인 줄도 모르는 아이들을 가졌다. 흠. 까미의 동물 관계를 고려했을 때 후보는 3마리 정도 되었다. 혹시나 아버지를 알 수 있을까 싶어 해가 질 때까지 기다렸다가 저녁에 다시 까미에게 찾아갔다. 까미는 주인 할머니가 있는 낮에는 집 근처에서 돌아 다니고 주인 할머니가 집에 가시면 동네를 돌아다녔기에 까미를 찾는 데에 시간이 조금 걸렸지만 언제나 내 발소리를 듣고 먼저 찾아오던 까미 덕분에 추운 날씨에 감기를 걸리지 않고 찾을 수 있었다. "야 너는 홑몸도 아닌데 왜 이렇게 돌아다녀"라며 의미 없는 타박을 까미에게 했다. 언제 수컷들이 까미를 찾아올지 모르기에 시간을 보낼 겸 임신한 까미를 위해 평소엔 먹어보지 못했을 간식을 사러 함께 슈퍼에 갔다. 교육을 따로 받지 않았음에도 똑똑했던 까미는 자신이 갈 수 있는 공간과 아닌 공간을 확실하게 인지하고 있었다. 그래선지 까미는 항상 내가 슈퍼에 가면 문 앞에 앉아 내가 나올 때까지 기다렸다. 가끔은 지겨운지 나를 기다리다 먼저 집으로 향할 때도 있었는데 그럴 때면 오히려 내 마음이 급해져 고민할 시간도 없이 손에 든 것만 계산 한 뒤 까미 뒤를 쫓아가기도 했었다. 까미는 매일 사료가 아니면 사람이 먹다 남은 음식물을 밥으로 먹곤 하였는데 주인 할머니께서는 그 외에 다른 것은 주시지 않았기에 내가 아니면 까미에게 간식을 사줄 사람이 없었다. 그래선지 내가 간식을 사면 포장을 뜯지도 않았는데 간식 냄새가 나는지 내 주변을 폴짝폴짝 뛰며 빨리 달라고 보채는 일이 많았다. 홀몸이라면 몰라도 임신을 한 까미가 뛰는 게 새끼들에게 좋지 않을 것 같아 얼른 포장을 뜯어 먹기 좋게 비벼서 간식을 주었다. 허겁지겁 먹는 까미를 바라보며 있는데 반대 쪽에서 개 발자국 소리가 들렸다. 고개를 돌려보니 옆집 개인 하늘이가 우리를 향해 오다 나와 눈이 마주쳤는지 내 눈치를 보며 멈춰 서 있었다. 몸을 낮춰 손을 뻗으며 가까이 오라고 손짓을 하자 한참을 눈치를 보던 하늘이가 슬그머니 다가왔다. 왠지 머리를 쓰다듬으려고 하면 놀라 도망갈 것 같아 아무것도 하지 않은 채 물끄러미 쳐다만 보고 있는데 하늘이가 주뼛주뼛 까미에게로 다가가 냄새를 맡기 시작했다. 평소 하늘이가 가까이 오면 잘 받아 주다가도 금방 짜증을 내던 까미였는데 이 날은 가만히 있는 모습을 보며 아이들의 아버지가 하늘이가 아닐까 라는 생각이 들었다.

몇 달 뒤 까미가 출산을 했다. 평소처럼 반겨주지 않아서 왜 그런가 했더니 지난 밤 출산을 해서 집 안에 있었다. 새벽에 출산을 했기에 까미의 출산을 직접 곁에서 보지 못한 것이 아쉬웠다. 출산 직후엔 많이 예민하다며 까미를 보지 말라고 동네 아이들을 물리친 할머니께서는 나만은 특별하니 봐도 괜찮다고 하시며 까미의 새끼들을 보여주셨다. 처음엔 누군지 몰라 경계를 하던 까미가 나를 보자마자 경계를 풀며 편안히 누워 있는 모습 사이로 새끼들이 눈에 들어왔다. 눈도 뜨지 못했고 내 팔뚝보다 작은 녀석들이 내가 들어오면서 찬바람이 들어와 그런 건지 젖을 찾는 건지 빽빽 울어 댔다. 새끼들의 털을 보아하니 갈색이 섞여 있는 게 아이들의 아버지는 옆집 하늘이가 분명했다. 동물 관련된 티비 프로그램에서 막 출산한 새끼들을 만지면 사람 냄새가 나서 안 좋다는 기억이 생각 나 만질 생각도 못 하고 바라만 보고 있는데 할머니께서 새끼 한 마리를 들어 나에게 안겨 주셨다. 따뜻했다.

까미의 새끼들은 어느새 자라 눈을 뜨고 여기저기 걷기 시작했다. 처음엔 까미의 옆에서 같이 걸어 다니곤 했는데 어미를 따라잡기엔 역부족이었는지 저를 두고 가버린 어미를 향해 빽빽 울더니 조금 더 크고 나니 남매들끼리 여기저기 장난을 치며 돌아다니는 일이 잦아졌다. 그러면서 자연스레 활동 반경이 넓어지기 시작했다. 그리곤 얼마 뒤 새끼들은 모두 죽음을 맞이하게 되었다. 까미가 살던 곳 바로 옆엔 도로가 있었는데 새끼들이 아무것도 모르고 돌아다니면서 도로까지 나가게 되어 차에 치였던 것이다. 소식을 듣자마자 까미가 걱정이 되어 찾아갔는데 새끼들을 잃은 게 슬프지도 않았는지 꼬리를 흔들며 나를 반겨주었다. 그 모습이 왠지 모르게 더 처연해 보였던 난 까미를 안아주었다. 까미는 품에 안겨 그저 가만히 나를 올려다볼 뿐이었다. 나는 아무 말도 하지 않았지만 우리가 느끼는 감정은 같을 것이라고 느꼈다. 그리곤 이내 까미의 눈에 맺힌 눈물을 볼 수 있었다. 우리가 함께 처음 느껴본 이별이었다.

내가 초등학생 일때 매일 저녁마다 동네에서 한창 운동이 유행하고 있었다. 나도 친구들과 운동을 매일 밤마다 했는데 그 운동엔 까미도 함께 했다. 까미는 어떻게 알았는지 내가 운동을 할 때면 알아서 나를 찾아왔다. 운동을 하고 있으면 언제나 들리던 까미의 발자국 소리.

어두운 밤이기에 온몸이 새까만 까미는 빛이 없는 곳이면 잘 보이지 않았지만 발소리 만큼은 존재감을 드러냈다. 까미와 함께 일렬로 서서 달리기를 하기도 하고 내가 줄넘기를 할 때면 자신도 줄넘기를 하듯이 나를 바라보며 옆에서 팔짝팔짝 뛰기도 했다. 내가 걸으면 옆에서 보조를 맞추며 걷다가도 가끔은 잠시 딴 길로 세기도 했다. 그럴 때면 난 까미를 무작정 따라갔다. 왠지 모를 모험심이 불탔기 때문이다. 까미는 내가 잘 따라오고 있는지 뒤를 돌아보며 앞으로 나아갔다. 혼자 돌아다니며 새로운 장소를 발견했는지 가보지 못한 곳이었다. 다른 사람들은 아무도 모르는 우리 둘만의 비밀의 장소. 난 이런 곳을 갈 때마다 가슴이 두근 거렸다. 영화나 드라마에서만 보던 친구들끼리의 비밀 장소가 나와 까미에게도 있는 것처럼 느껴졌기 때문이다. 둘만의 비밀의 장소라고 해도 특별히 하는 것은 없었다. 언제나처럼 산책을 하거나 뛰면서 노는 것이 전부였지만 아무도 없는 곳에서 우리 둘이 있다는 것만으로도 나는 행복했다.

　한참을 놀다가 집으로 돌아갈 땐 까미를 집에 데려다주고 집으로 가는 일이 많았는데 까미를 떼어 놓기 위함이었다. 함께 놀다 내가 집에 갈 때면 까미는 항상 집까지 따라오려고 엘리베이터를 따라 타곤 했다. 처음엔 별 생각 없이 가만히 나두었는데 집까지 따라온 까미는 항상 새벽까지 우리 집 문 앞을 지키다 동이 터오면 자신의 집으로 돌아가곤 하였다. 그런데 까미로 인해 이웃 주민들이 불편을 겪는 일이 발생하게 되었다. 까미의 털이 모두 검은색이다 보니 밤이 되면 까미가 잘 보이지 않아서 복도를 지나가는 사람들이 까미로 인해 놀라는 일이 잦아졌다. 이웃 주민들도 주민들이지만 까미가 지나가는 사람들에게 치일까 두려워 까미를 위해 신발장에 자리를 마련해 주었는데 까미는 잠시 물을 마실 때를 제외하곤 단 한 번도 집에 들어오지 않고 그저 복도에 앉아 집을 지킬 뿐이었다. 때문에 난 까미가 집 앞에 있지 못하게 하려고 집에 갈 때 쯤이면 까미를 떼어 놓으려고 했는데 까미를 집에 데려다주면 까미는 항상 집 주변의 냄새를 맡았다. 집 주변의 냄새를 맡으며 까미가 한 눈을 파는 그 순간을 이용해 난 뒤도 돌아보지 않고 막 내달리며 집으로 뛰어갔다. 가쁜 숨을 몰아쉬며 엘리베이터를 탄 나는 엘리베이터의 문이 닫히는 모습 뒤로 뛰어오는 까미가 보였지만 난 문을 닫아 버렸다. 이제 되었겠지 싶어 안도의 한숨을 쉬면서 집으로 가는데 영특했던 까미는 누가 알려주지 않아도 이미 우리 집의 위치를 알고 있었다. 까미는 엘리베이터를 탈 수 없게 되자 계단을 이용해 나보다 먼저 우리 집에 도착해 나를 맞이해 주었다. 그 모습에 어이가 없어 웃음이 났다. "야 그래. 니가 똑순이인걸 내가 까먹고 있었구나"라고 말하며 까미의 머리를 쓰다듬어 주었다. 그날 이후로 까미는 엘리베이터가 자신이 들어가면 안 되는 공간 중의 하나라고 인식했는지 엘리베이터 앞에 앉아 내가 타는 모습을 확인한 뒤 자신은 계단으로 올라가 항상 나를 반겨주었다. 정말 누굴 닮아 똑똑한 지 모를 행동에 이건 동물농장에나 나올 법한 이야기라며 친구들에게 자랑하듯 말하던 모습이 아직도 잊혀지지 않는다. 하지만 까미를 계속해서 복도에 나둘 수는 없었기에 결국 주인 할머니께 말씀을 드려 까미는 인생에서 처음으로 목줄 신세를 지게 되었다.

　여느 날과 같은 주말이었다. 아침 일찍 눈이 떠진 난 전날 엄마와 함께 산 옷을 까미에게 자랑하려고 주섬주섬 챙겨 입었다. 밤새 동네를 돌아다니는 까미도 아침이 되었으니 지금쯤이면 자신의 집에 있으리라 생각하여 다른 곳을 둘러보지 않고 바로 까미의 집으로 향했다. 예상이 틀리지 않았는지 까미는 내 발소리를 듣고 밖으로 나왔다. 나를 맞이해 주려고 뛰어오는 까미의 모습을 보며 장난기가 발동한 나는 들고 온 담요를 머리 위까지 덮고 까미에게로 걸어갔다. 까미라면 얼굴을 가려도 날 알아볼 것이라는 기대감이 있었다. 가까워지는 거리만큼 까미의 반응이 궁금해 입꼬리가 올라갔다. 마침내 우리의 거리가 좁혀졌을 때 까미는 발을 멈칫하며 고개를 조금씩 왔다 갔다 하더니 몸을 가까이 갈까 말까 고민하면서 입은 짖기 시작했다. 아무래도 냄새로는 내가 맞는 것 같은데 생김새가 다르니 의심을 하는 것 같았다. 더 있으면 까미가 돌아서 갈 것 같아서 얼른 담요를 거둬 얼굴을 까미에게 보여주었다. 그러자 까미는 언제 짖었냐는 듯이 꼬리를 흔들며 나에게 다가왔다.

　이른 아침이었고 주말이었기에 나와 까미 말고는 아무도 없었다. 까미와 공터를 막 뛰어다니며 놀고 있었다. 지금도 그렇지만 달릴 때면 왜 그렇게 웃음이 나는지 모르겠다. 공터의 지형은 작은 운석이라도 맞은 듯이 군데군데 파인 곳이 많고 돌이 많아 울퉁불퉁한 곳이었다. 까미와 함께 저 멀리 뛰어갔다가 다시 집 근처로 돌아오는데 지형의 탓인지 발을 잘못 헛디디며 "앗!" 하는 소리와 함께 나는 넘어졌다. 넘어지면서 까미를 발로 찼는지 "깨갱!" 소리가 들리고 까미가 옆으로

넘어지는 모습이 보였다. 그와 동시에 한쪽에서는 딸랑딸랑하는 소리
가 났다. 소리의 진원지를 찾아 황급히 고개를 돌려보니 자전거가 내
리막길에서 나를 향해 내려오고 있었다. 순식간에 가까워지는 거리에
꼼짝없이 부딪히겠구나 싶었던 난 눈을 꼭 감았다. 그 순간 별안간 개
짖는 소리가 들렸다. 슬며시 눈을 떠 무슨 상황인가 살피던 난 까미가
자전거에 달려가 매섭게 짖는 모습이 눈에 들어왔다. 자전거 주인이
놀랐는지 자전거 머리를 옆으로 살짝 비틀었다. 그 덕에 난 자전거와
부딪히지 않을 수 있었다. 무슨 일인지 어안이 벙벙하여 멍하니 몸을
일으킨 채 가만히 있는 나에게 까미가 다가왔다. 다가오는 까미를 보
며 난 까미를 꼭 껴안아 주었다. 그리곤 아까 발로 찬 곳이 다치진 않
았는지 혹시나 자전거에 어딜 상처 입진 않았는지 까미의 몸 이곳저곳
을 살폈다. 다행히 다친 곳은 없어 보였다. 괜찮냐는 나의 말에 까미는
그저 혀로 내 얼굴을 핥을 뿐이었다. 까미와 내가 함께해온 시간이 적
지 않다는 건 알고 있었지만 난 까미의 주인은 아니었기에 이번 사건
은 솔직히 말해 좀 감동적이었다. 아까 담요로 가린 나를 못 알아봤을
땐 분명 알아볼 것이라고 생각했는데 못 알아봐 줘서 조금 섭섭하긴
했다. 하지만 방금의 상황으로 보아 비록 내가 자기 주인은 아닐지언
정 내가 위험에 처하면 까미는 자신을 받쳐 나를 구해 주겠구나 라는
생각이 머릿속을 나돌았다. 까미가 정말 고맙고 기특하여 까미의 머리
를 막 쓰다듬어 주었다. 까미에게 보답을 하고자 난 간식을 사주었다.
슈퍼가 문을 열지 않아서 무엇을 사줘야 할지 고민하다가 분식집에 파
는 닭꼬치를 사서 겉에 튀김 옷만 내가 먹고 살코기를 물어 씻어 주었

다. 튀김 옷만 많이 먹어서 속이 매스껍긴 했지만 까미가 좋아하는 모습을 보니 참을 만했다.

까미가 실종되었다. 오래전 제니도 까미처럼 사라진 적이 있었다. 트라우마처럼 까미가 모습을 보이지 않게 되자마자 제니가 사라지던 때가 떠올랐다. 동네를 돌아다니며 동네 주민들을 통해 들은 소식은 충격적이었다. 최근 동네 개들이 발정기로 인해 서로 다툼을 벌이는 일이 잦아지면서 개 짖는 소리에 화난 주민의 신고로 인해 개장수가 동네 개들을 모두 잡아갔다는 것이다. 금방이라도 울음이 터질 듯했지만 난 사실의 여부를 확인하고자 까미의 주인 할머니께 찾아갔다. 할머니께서도 며칠 전부터 안 보인다고 하시며 들은 말로는 개장수가 잡아갔다는 동네 사람들과 같은 이야기를 해주셨다. 개장수에게 잡혀가면 어디론가 팔려 가거나 보신탕집에 보내져 식용으로 사용할 수 있다는 둥 살아 돌아오긴 힘들다는 말을 들은 적이 있었다. 공터 근처 의자에 앉았다. 떨어지는 눈물 속에 어디서부터 수소문을 해야 까미를 찾을 수 있을지 생각했다. 개장수에게 잡혀갔다면 하루하루 미뤄질수록 더 이상 만나지 못할 가능성이 컸다.

까미를 찾기 위해 동네를 돌아다니며 주민들에게 탐문했다. 신고한 사람이 누군지 찾으려고 했다. 신고한 사람만 찾으면 어디로 갔는지 알 수 있을 것만 같았다. 그런데 사람들마다 모른다는 답변이 대부분이었고 귀찮게 굴지 말라는 듯이 물음에 제대로 답해주지 않았다. 어쩌면 관리 사무소에서 주민들의 신고를 받고 전화를 했을지 모른다는 생각에 관리 사무소에도 찾아갔지만 돌아오는 대답은 모른다는 대답뿐이었다. 이렇다 할 상황이 나아지지 않은 채 며칠이 지난 지 모르는 시간이 흘러갔다. 며칠째 빈 까미 집 앞에 멍하니 앉아 있는데 저 멀리서 개 발자국 소리가 났다. 소리를 듣고 나도 모르게 고개를 휙 하고 돌렸더니 까미가 걸어오고 있었다. 걸어오는 까미를 보며 잠시 멍을 때리다 몸을 일으켜 까미에게 달려갔다. 까미도 나를 보았는지 걸어오던 발걸음이 뜀박질로 바뀌기 시작했다. 서로를 품에 안은 우리는 한참을 그대로 있었다. 서로의 안부를 묻듯이 까미는 연신 나를 핥아 주었고 나는 까미의 머리를 쓰다듬었다. 갑자기 까미가 나타난 게 별안간 어떻게 된 일인지 알 턱이 없었지만 까미가 돌아와서 다행이라고 생각했다. 나도 나지만 주인 할머니께 까미가 돌아온 사실을 알려주고자 까미를 데리고 할머니께 찾아갔다. 그러자 주인 할머니는 알고 있었다는 듯이 오늘 아침에 출근하니 집에 돌아와 있었다고 말씀을 해주셨다. 알고 보니 까미는 스스로 집을 찾아온 것이었다. 마치 돌아온 진돗개 백구처럼. 난 "내가 너 똑똑하다 똑똑하다곤 했지만 이렇게 똑똑한 줄은 나도 몰랐다."라며 까미에게 감탄을 금치 못했다. 어떻게 개장수에게서 탈출을 해 돌아온 건지는 까미 만이 아는 사실이었다. 이럴 때면 우리가 서로 대화를 나눌 수 있으면 얼마나 좋을까라는 생각이 종종 들곤 한다. 어떻게 탈출해서야 왔든 집으로까지 돌아오는 길이 안전하고 쉽지만은 않았을 것이다. 힘들었을 까미를 보며 한편으론 난 네가 이렇게 위험에 처해 있을 때 해줄 수 있는 게 아무것도 없는데 넌 나를 구해 줄 수 있을 뿐만 아니라 까미 너 스스로 자신을 구할 수 있다는 생각에 내가 까미를 위해 할 수 있는 것이 아무것도 없는 것만 같아 부끄러워졌다. 그럼에도 한결같은 마음으로 나를 좋아해 주는 까미에게 항상 감사함을 느꼈다. 이렇게 개장수에게 잡혀간 사건은 종결이 되었다. 어찌 되었든 까미가 무사히 돌아왔으니 그것으로 되었다.

어느덧 우리의 시간은 흘렀고 내가 중학생이 된 만큼 까미도 나이를 먹게 되었다. 처음 만났을 땐 귀에서부터 꼬리까지 온몸이 새까만 까미였는데 세월의 시간을 지나칠 순 없었는지 입 주변에 흰털이 생기고 등에는 까맣던 털들이 탈색되듯 갈색으로 변해가는 모습들이 보였다. 듬성듬성 흰털이 몸 곳곳에 보이기도 했다. 몸에서 보이는 외모적인 부분 외에도 몸속에서도 변화가 있었는지 까미의 털 속에 있는 작은 벌레들을 발견하게 되었다. 한번 벌레가 눈에 띄니 여러 마리가 보이기 시작했다. 그러자 일전에 동물 프로그램에서 보았던 기억이 났다. 이 벌레가 있으면 심장 사상충이라는 병에 걸렸을 확률이 크다고 들었다. 집안에서 키우는 개들과 달리 유기견처럼 밖에서 키워진 까미이기에 병에 걸리는 것이 어쩌면 당연한 것일지도 몰랐다. 심장사상충이라는 병에 걸리면 오래 살지 못한다는 말을 얼핏 들은 것 같기도 했다. 그렇다고 어렸던 내가 해줄 수 있는 것은 없었다. 주인아주머니께 말씀을 드려도 대수롭게 생각하지 않는 모습이었다. 나는 그저 까미가 더 오래 살 수 있기를 바라며 까미의 털 속에 있는 벌레들을 잡는 일밖에 할 수 없었다.

까미가 오래 살기를 바라는 나의 바람이 이루어질 수 없다는 것은 누구보다 잘 알고 있었다. 하지만 마음속으로 그런 생각을 하는 것과 눈으로 그 사실을 깨닫는 것은 천지 차이였다. 오랜만에 까미와 저녁에 산책을 하고 있었는데 잘 따라오던 갑자기 까미가 모습을 감추었다. 처음에는 그저 잠깐 어디 들렀다 오는가 싶어 가만히 놔두었다. 그런데 몇 번이나 모습을 감추었다 따라오는 까미의 모습에 이상한 생각이 들어 까미가 다른 길로 갈 때 살금살금 뒤를 밟아 보았다. 까미는 토를 하고 있었다. 깜짝 놀라며 가까이 다가가 까미의 상태를 살펴보았다. 외관상으로는 아무 이상 없어 보이는데 아무래도 몸에 생긴 벌레로 인해 몸이 점점 나빠져 가는 모양이었다. 평생을 함께할 것만 같은 우리의 시간도 끝을 향해 달려가고 있었던 것이다. 갑자기 죽었다는 소식을 접하는 것 보다 이렇게 마음의 준비를 하며 이별을 맞는 것이 더 낫겠다는 생각이 들었다. 그날 이후로 매일 까미를 찾아가며 상태가 괜찮은지 살펴보며 맛있는 간식을 사주었다. 지금 생각해보면 위가 안 좋아서 토를 할 정도면 간식을 먹이는 게 좋지 않은 일이었지만 그때의 난 앞으로 까미가 살날이 얼마 없을지도 모른다는 생각에 더 늦게 전에 맛있는 음식들을 먹여주고 싶었다.

평소와 같이 운동하고 동네를 돌아다니며 놀면서 까미와 시간을 보냈다. 가끔은 까미가 너무 멀쩡해 보여서 괜한 걱정을 한 것이 아닌가 싶을 때도 있었지만 시간이 흐를수록 자주 토를 하는 모습과 전보다 체력이 떨어지는지 놀다가도 갑자기 주저앉아 쉬는 날이 많아졌다. 그러던 중 어느 주말이었다. 친구들과 놀고 있던 나에게 비보가 전해졌다. 까미가 죽었다는 것이다. 까미가 죽을지도 모른다고 생각했을 때부터 만약 까미가 죽는다면 난 어떤 모습일지 나 자신도 궁금했었는데 갑자기 죽었다는 소식을 들으니 덤덤했다. 미리 죽을 것을 예견하고 있었기 때문인지 죽었다는 말이 와닿지 않아서 그런 건지 나도 잘 모르겠다. 확실한 건 까미가 죽었다는 것이다. 그 길로 바로 까미가 살던 집으로 찾아간 난 혹시나 하는 마음에 까미를 부르며 집 근처를 돌아다녀 보았다. 고요하기만 했다. 내가 까미를 부르는 소리를 들으셨는지 컨테이너 안에 계시던 주인 할머니께서 나오셨다. 그리곤 까미가 죽었다고 말해 주시며 근처 묻었다고 말씀해 주셨다. 나는 할머니의 말을 듣고 까미가 묻힌 곳으로 찾아갔다. 텅 빈 공터 어딘가 차가운 땅속에 묻혀있을 까미를 생각하니 눈물이 났다. 무엇보다 까미가 죽는 그 순간을 함께하지 못한 것이 미안했다. 생각해 보면 난 까미가 출산을 할 때나 잡혀갔을 때 등 까미가 인생에서 큰 사건을 겪을 때마다 중요한 순간들을 놓치는 경우가 많았다. 그때마다 다음엔 함께 하겠노라. 다짐을 했지만 이젠 다음은 없고 미안함만이 남아 있을 뿐이었다. 까미의 무덤으로 추정되는 곳에 앉아 가만히 땅을 쳐다보다가 이내 머리를 들어 까미가 있을 하늘을 바라보았다. 하늘은 아무 일도 없다는 듯이 평화롭기만 했다.

까미가 죽은 지 10년이 지난 지금 까미와 함께한 시간이 사라져가고 있다. 드라마 도깨비의 여주인공처럼 함께한 시간을 잊지 않겠노라 다짐을 했건만 시간의 흐름 앞에 내 기억은 점차 희미해져 가고 있다. 그것이 내가 책을 쓰고자 결심한 이유이기도 하다. 글을 작성하면서도 그동안 함께했던 세월이 무색하게 세세한 기억이 잘 나지 않아서 자세하게 적지 못했다. 그런데 그런 마음을 아는지 10년 동안 나에게 한 번도 얼굴을 비춰주지 않았던 까미가 꿈속에 나타났다. 어린 시절의 나와 까미가 그랬듯 우리는 함께 동네를 산책하고 우리의 비밀장소를 찾아가 보았다. 어릴 적 그 모습 그대로였다. 그곳에서 한참을 놀다가 까미의 새끼들이 묻힌 곳으로 찾아갔는데 까미의 새끼들이 까미를 향해 달려왔다. 그 모습이 비록 현세에서는 짧은 만남이었지만 하늘에서는 함께 잘 지내고 있는 것만 같았다. 사실 까미는 출산을 두 번 했는데 두 번 다 새끼들이 일찍 죽었다. 첫 번째 출산을 했을 때 허망하게 새끼들을 보낸 후 두 번째 출산 때 새끼들을 보호하고자 늘 밤까지 까미의 집에 있다가 오곤 했는데 24시간 붙어 있을 순 없었기에 내가 학원 간 사이에 운명을 달리했었다. 그간의 노력이 헛수고가 된 것만 같아 자식을 잃어 속상했을 까미에게 새끼들이 어디 있냐고 화를 낸 적도 있었다. 그 말을 알아들었는지 까미는 나를 쳐다보더니 새끼들이 묻힌 곳으로 나를 데려다주기도 했다. 그리곤 땅을 파헤치는 까미의 모습에 마음이 무너져 그만하라며 까미를 감싸 안아 주기도 했었다. 그렇게 까미와 나는 꿈속에서 오랜만에 재회하여 행복한 시간을 보냈다. 그러다 까미가 새끼들을 데리고 저 멀리 달려가면서 꿈은 끝이 났다. 꿈속에서 까미를 만난 덕분에 몇몇 기억들이 되살아 났다. 까미는 자신을 잊지 말라는 듯이 갑자기 나타나 홀연히 사라진 것 같았다. 까미의 그 마음에 보답하듯 나는 이렇게 글을 작성했다. 이제 수십 년이 지나도 이 글만 읽으면 까미와의 추억이 되살아날 것만 같다.

돌고 돌아

손소연

손소연 1991년에 대전에서 태어났다. 짧지 않은 인생에서 크고 작은 사건을 마주하며 본인의 외적 얼굴인 페르소나를 만들어낸다. 하지만 이내 불편함을 느낀다. 한 가정의 자녀, 선생님, 친구, 작가라는 얼굴을 떠나 진정한 본인의 민낯을 찾고자 인생 여행을 계속한다.

instagram: @art_ssonsso

　이번 껍데기는 기대 이상으로 만족스럽다. 며칠 전, 노을이 지는 바닷가에서 한 인간 여자아이를 만났다. 아니, 발견했다. 그녀의 주변엔 처음 보는 물건들이 삼삼오오 뒹굴고 있었는데, 그 모양은 말미잘의 촉수와 비슷했다. 끝이 좁고 완벽한 원을 그리고 있다는 것만 빼면 말이다. 특이한 것은 주홍빛 하늘과 검푸른 바다가 바로 뒤에 비치는 것인데, 어떤 것은 좀 더 푸르게, 어떤 것은 완전히 비치고 있었다. 머릿속에서 생각나는 것은 해파리의 하늘거리는 몸통이었으나, 그것보다 더욱 견고하고 많은 색을 담고 있었다. 황홀했다. 그 독특한 형태와 빛깔에 마음이 이끌려 조심스레 그녀의 곁으로 다가갔다. 그녀는 나와 같이 두 개의 집게발을 가지고 있었는데 하얀색이었다. 그리고 끝이 다섯 개로 갈라져서 분주히 움직이고 있었다. 투명한 그것에 모래를 가득 담기도 하였고 조개껍데기와 같은 것들을 담기도 하며 즐거워했다. 워낙 몸뚱이가 작아서였을까, 그녀는 한동안 나의 존재를 알아

차리지 못했다. 나는 단단하고 멋진 집게발을 딱딱 부딪치며 인기척을
냈다.

"어머, 안녕? 작은 소라게구나!"

"안녕!"

  인사를 하고 지금 무얼 하는지, 그 투명하고 단단해 보이는 것은 무
엇이냐고 물었다. 그녀에 의하면 '유리병'이라고 하는 것인데 주로 마
실 것을 담는 용도로 쓰인다고 한다. '마신다'라는 표현이 정확히 무엇
인지는 모르나 '먹는다'와 비슷한 느낌이라고 한다. 그리고 그녀는 빈
병에 예쁜 모래와 소라껍데기들을 수집해서 '집'으로 갈 예정이라고
했다. 그녀의 설명을 듣고 내가 직접 사용하기에 알맞겠냐고 물었다.
그녀는 눈을 반짝이며 고개를 힘껏 끄덕인 후 푸른 유리병을 가리키
며 얘기했다. 우선 모양이 둥그니 어디든 움직이기 편할 것이고 푸른
빛을 띠고 있어서 바닷속에서는 천적들 눈에 띄지 않을 거라고 자신했
다. 바닷가 위 모래사장에서는 유리병이 담고 있는 빛이 어느 것보다
반짝이고 화려해서 가장 멋진 소라게가 될 게 분명하다고 말을 이어갔
다. 그리고 보기보다 꽤 단단해서 내 여린 몸을 잘 지켜줄 거라고 종지
부를 찍었다.
  그 여자아이가 말한 얘기는 모두 맞는 말이었다. 표면의 매끄러운
굴곡은 모래사장에서 움직이기 적당했고 바닷속에서는 그 진가를 톡

톡히 발휘했다. 유리병의 푸른 빛은 바닷물에 닿자마자 나의 몸을 깊은 청록빛으로 물들여 물고기로부터 안전히 숨겨주었다. 특히 반짝이고 화려한 빛깔은 이제껏 가져보지 못한 것이었다. 한낮에 태양이 유리병 껍데기 위로 내리쬘 때면, 마치 바다 표면에 반짝이는 거품으로 온몸을 치장하는 것 같았다. 처음 착용한 날부터 다른 소라게들은 부러움 가득한 눈으로 졸졸 쫓아다녔다. 어떻게 그런 멋진 껍데기를 찾았냐며 물었고, 심지어 한 번만 착용하게 해달라고 부탁하는 소라게도 있었다. 많은 이들의 눈길을 독차지하는 기분은 이루 말할 수 없을 정도로 즐거웠다. 예전에 사용하던 그 흔하디흔한 '나선형 껍데기'와 비교해보면 더없이 당당하고 뿌듯한 하루하루였다.

'나선형 껍데기'. 그것은 곧 나를 지칭하는 것이었고, 다른 소라게들을 지칭하기도 했다. 그 크기와 색이 조금씩 다를 뿐이지 특별할 것 없는, 지극히 평범한 껍데기다. 나선형 구멍으로 나의 여린 복부를 말아 고정해야 했는데, 상당히 귀찮은 일이었다. 가볍지 않은 무게 때문에 이동이 쉬운 편이 아니었을뿐더러 삐죽삐죽 튀어나와 있는 돌기들이 어려움을 더했다. 껍데기를 뺏으려는 덩치 큰 소라게를 피해 전력 질주를 하다가 돌부리에 걸려 이동이 지체되었던 적이 하루 이틀이 아니었다. 다시 생각해봐도, 새로운 껍데기를 찾고자 노력했던 지난날이 후회되지 않는다.

그동안 상당히 다양한 껍데기들을 발견했었다. 바닷속에서 만난 조개가 알려준 조개껍데기, 인간 남자가 추천한 스티로폼 조각, 어린 갈매기가 뽑아준 깃털, 큰 눈이 인상적이었던 물고기가 자신 있게 추천해준 해초 줄기 등……. 조개껍데기는 착용감이 상당히 불편해서 바로 벗어버렸다. 스티로폼 조각은 이른 아침에 부서지는 바다 거품만큼 하얗고 가벼운 물체였다. 그렇기에 이동이 편했으나 무슨 연유인지 움직일 때마다 모양이 작아졌다. 하루아침에 내 몸뚱이의 반보다도 작아진 그것을 착용할 이유가 없었다. 그나마 갈매기 깃털과 해초 줄기는 나름 쓸만했다. 스티로폼을 버리고 모래사장을 지나 작은 바위에 도달했을 때, 몸단장하는 어린 갈매기를 만났다. 성체가 된 지 얼마 안 돼 보였다. 노란 부리로 정성스레 깃털을 다듬는 모습이 어찌나 탐스럽고 근사한지! 흰색 몸통의 깃털은 스티로폼보다도 깨끗했으며, 날개 깃털은 견고하게 마른 바위의 색보다도 선명했다. 이미 매혹적인 깃털의 자태에 마음이 뺏긴 나는 다리에 붙어 있던 스티로폼 쪼가리를 털어내며 그에게 황급히 말을 걸었다.

"어린 갈매기야, 너의 깃털은 어쩜 그리도 아름답니? 부럽구나."

갈매기는 그의 까만 눈을 내게 맞추며 생기있는 목소리로 답했다.

"감사해요! 항상 몸단장을 게을리하지 않기 때문이죠. 그렇지 않으면 금새 푸석푸석해진답니다. 당신의 집게발도 멋지네요. 예전에 집게발로 맹렬히 싸우던 소라게들을 봤는데, 굉장히 멋진 싸움이었어요. 당신도 싸워봤나요?"

그는 상당히 싹싹했다. 호기심도 많아 보였지만 묻지도 않은 내용까지 줄줄 읊었다. 그중에서 몸단장이라는 말이 가슴에 박혔다. 꾸준한 몸단장. 그건 자신 있었다. 항상 부지런히 돌아다니며 새로운 껍데기를 찾아 나섰던 나의 생활에서 그것은 어려운 일이 아니니 말이다. 내가 대답이 없자 어린 갈매기는 몸단장을 마저 이어갔고, 깃털 몇 개가 그의 발아래에 떨어졌다. 순간 내 눈이 재빠르게 깃털을 향하는 걸 그도 눈치챘다.

"괜찮으시면 몇 개 가져가실래요?"

새로운 깃털은 무척이나 아름다웠다. 유선형으로 매끄럽게 뻗어 있는 털들은 촘촘히 나열되어 있었고, 윤기가 완벽하게 반질반질했다. 이 아름다움을 느끼기에 하루는 짧게 느껴졌다. 내가 왕이라도 된 양 자신감이 가득했고 행복했다. 하지만, 하루 이틀이 지나면서 깃털의 매끄러운 윤기는 점점 감소했다. 매일 집게발로 정성스레 다듬었는데 어찌 된 영문인가. 길고 곧게 쭉 뻗었던 깃털은 점점 갈라지고 모래알이 알알이 엉겨 붙었다. 비까지 왔는데, 미처 바위 아래로 숨기도 전에 빗방울이 나를 사정없이 덮쳤다. 비에 젖어 무거워진 깃털은 몸뚱이에 달라붙었고, 한발 두발 움직이기조차 어려웠다. 그 자리에서 꼼짝없이 비가 그치길 기다리는 수밖에 없었다. 몸 구석구석 차가운 빗물이 스며드는 것은 즐겁지 않았다. 몸도 피하지 못한 채 비나 맞는 꼴이라니. 얼마나 처량한 신세인가. 분명 볼품없는 모습이겠지. 깃털과의 인연은 여기까지였다. 날이 개자마자 다른 껍데기를 찾아 나섰고, 그때 발견한 것이 해초 줄기다.

이번에는 바닷속으로 들어갔다. 작은 다리들을 부지런히 움직이며 사방팔방 돌아다녔다. 물살이 센 부분까지 도달했을 때, 멀지 않은 곳에 하늘거리는 무언가가 관심을 끌었다. 그 움직임은 우아했지만, 이상하게 위압적이었다. 그 앞까지 도달하니 정체가 분명해졌다. 크고 긴 해초 무리였는데 굉장히 빽빽하게 우거졌다. 해초의 시작과 끝이 어디일지 가늠이 안 될 정도였다. 이렇게 거대한 무리는 본 적이 없었기에 한동안 그 자리에서 꼼짝없이 올려다볼 뿐이었다. 그때, 누군가 킥킥대며 웃는 소리에 정신이 반짝 들었다. 소리가 나는 곳으로 고개를 돌렸다. 작은 물고기가 해초 무리에서 얼굴을 빼꼼 내민 채 나를 보고 있었다. 눈이 매우 커서 꼭 몸의 반을 차지하는 듯이 보였다.

"아, 불쾌했다면 미안해요! 꼭 예전의 내 모습을 보는 것 같아서 나도 모르게 웃음이 나왔네요. 매우 큰 해초 무더기죠? 멋진 곳이에요. 제가 큰 물고기에 쫓길 때 나를 구해준 곳이랍니다. 굉장히 빽빽해서 덩치만 큰 무식한 물고기들은 들어 올 수가 없어요. 최고의 보금자리라 자부할 수 있다고요."

그는 바로 말을 이어갔다. 자신이 쫓기던 상황이 얼마나 긴박했는지, 어떻게 이곳을 발견했는지, 어떻게 큰 물고기를 따돌렸는지 대해서 말이다. 그가 얘기를 멈추고 가볍게 숨을 고르기가 무섭게 다시 말을 시작하려고 하자 나는 재빨리 끼어들었다.

"나는 지금 내 몸을 숨기고 보호할 수 있는 껍데기를 찾고 있어요, 혹시 이곳에 나에게 알맞은 껍데기가 있을까요?"

그는 고개를 좌우로 흔들며 기막혀했다. 자신이 지금까지 했던 얘기를 듣고도 그런 질문이 나오냐고 구박을 받았다. 껍데기가 왜 필요하냐, 바로 여기 해초 무더기에 몸을 숨기면 되지 않냐고 말이다. 물고기의 자신감 넘치는 태도는 건방져 보이기까지 했는데, 오히려 그런 모습이 신뢰가 되었다. 그날부터 거대한 해초에 새로운 입주자가 된 기분은 상당히 묘했다. 이제껏 껍데기와 몸뚱이는 하나가 된 듯 합쳐진 형태로 살아왔으니 말이다. 몸뚱이를 고정하지 않는 보금자리는 쉽게 적응되지 않았다. 해초를 붙잡고 있던 집게발에 힘이 빠지면 아래로 스르륵 내려가는 날이 간혹 있었다. 그러나 해초에 구멍을 뚫고 집게발을 집어넣어 몸을 고정하는 해결책을 금방 찾았다. 금세 익숙해진 해초는 나와 같은 작은 생물이 살기에 더없이 풍족한 곳이었다. 해초가 워낙 빽빽해서 큰 물고기들을 피해 몸을 숨기기에는 더할 나위 없이 안성맞춤이었다. 그리고 아주 작은 물고기들까지도 몸을 피하러 오기 때문에 먹이 걱정도 필요 없었다. 하지만 단점도 존재했는데, 해초 속에서 종종 길을 잃어버린다는 것이다. 무리의 가장자리에서는 문제 없지만, 중앙에 가까워질수록 방향이 헷갈려 쉽게 길을 잃어버리는 것이다. 하루는, 새로 만난 물고기가 자신의 보금자리를 구경시켜 주겠다며 따라오라고 했다. 하지만 곧 그를 놓치는 바람에 또 길을 잃어버렸고, 한참 후에 내 자리에 가까스로 도착했다. 이렇게 해초에서의 생활은 크게 위험한 일들은 없었으나 큰 재미도 없었다. 해초 안에서만 생활하다 보니 편하다 못해 지루했고 슬슬 바깥 세상이 그리워졌다. 그렇게 해초를 떠나게 되었고, 현재 유리병을 착용하게 되었다.

오늘도 모래사장을 여유롭게 거닐며 따사로운 햇볕에 몸을 맡기고 바다 수평선을 게슴츠레 응시한다. 잘게 부서지는 하얀 거품이 다리를 포근하게 감싸던 중, 눈앞에 검은 그림자가 어른거리다 사라졌다. 위험이 근접해 있음을 온몸으로 감지했다. 움직이던 발을 멈춘 내 주변으로 그림자는 다시 한번 빠르게 지나갔다. 머리 위에서 날고 있는 그림자의 정체를 확인하기도 전에 고막을 찌르는 듯한 날카로운 울음소리가 퍼졌다. 단번에 소리의 주인공이 누구인지 선명히 알아챘다. 성체 갈매기. 그것도 몸집이 크고 사나운 갈매기가 확실했다. 퍼뜩 정신을 차리고 다급히 몸을 숨기려고 다리를 올리려는데, 둔탁하고 위협적인 소리와 함께 무언가가 모랫바닥을 내리꽂았다. 흩날리는 모래 사이로 날카롭고 섬뜩한 갈매기의 부리가 사라진다. 곧바로 아슬아슬하게 집게발을 스치며 모랫바닥을 강하게 강타한다. 내리쬐는 햇빛사이로 거대한 갈매기의 형체가 모습을 드러냈다. 그전에 만났던 어린 갈매기와는 비교할 수 없도록 웅대한 몸집이다. 그것은 이쪽을 향해 커다란 날개를 펄럭이며 돌진했다. 허겁지겁 유리병 속으로 몸을 피하고 갈매기의 움직임을 살펴보았다. 성난 갈매기는 부리와 다리로 유리병을 이리저리 쪼아대고 연신 굴려댔다. 유리병 안에서 여기저기 부딪히느라 머리가 너무 아팠고 정신이 없었다. 잠시 잠잠해지더니 낯선 소리가 온몸을 흔들었다. 한 번도 들어본 적 없는 소리가 이토록 두려웠던 적이 있던가. 무언가 크게 잘못되었다. 소리 나는 곳을 부리나케 찾아보니 유리병 몸통에 하얗게 구멍이 뚫려있었고 사방으로 금이 퍼져있었다. 공포가 다리를 붙잡을 새도 없이 갈매기의 부리는 더욱더 거세게 유리병을 쪼아댔다. 나는 유리병 안에서 다리를 힘차게 움직여 유리병을 굴렸다. 살아야겠다는 생각 하나로 파도를 향해 열심히 달렸다. 마침내 온몸에 따뜻한 바닷물이 감쌌다. 갈매기가 쫓아오지 못하는 위치까지 다다르자 부리나케 유리병 밖으로 빠져나와 바닷속으로 헤엄쳤다.

　얼마나 도망쳤을까, 다리에 감각이 없다. 잠시 숨을 돌리려 산호초 속으로 자리를 잡았다. 숨을 고르고 주변을 살펴보다가 바로 옆에 있던 말미잘과 눈이 마주친다. 궁금이 가득한 눈으로 쳐다보며 무슨 일이냐고 물었다. 나는 간신히 목을 가다듬고 쫓겨온 상황을 천천히 설명했다. 얘기가 끝나자 말미잘이 입을 열었다.

　"너무나 무서웠겠어요, 이렇게 무사히 도망쳐서 다행이에요. 혹시 실례가 되지 않는다면 제 제안을 들어보시겠어요?"

　"제안이요? 어떤 제안이요?"

　"지금부터는 저와 함께 다니면 어떨까요? 저를 당신의 등에 얹고 말이에요. 제가 아는 말미잘 중 많은 이들이 그렇게 지낸다고들 하더라고요. 당황스러우시겠지만 끝까지 들어보시겠어요?"

주변이 안전했고 잠시 쉬는 김에 말미잘의 얘기를 들어보기로 했다.

"당신이 알다시피 우리 말미잘은 자유롭게 움직이기가 어려워요. 한곳에 정착하면 평생을 그곳에서 살아야 하죠. 하지만 저는 이 바닷속을 자유롭게 움직이고 싶답니다. 그러기 위해서는 당신과 같은 소라게가 필요하구요. 다행히 저는 먹는 것에 큰 욕심이 없어서 당신이 이동하면서 사냥한 먹이의 찌꺼기만 먹어도 충분해요."

그는 수많은 촉수를 부드럽게 흔들며 얘기를 이어갔다.

"제 촉수에 대해 들어보신 적 있나요? 촉수에 독이 있어서 커다란 물고기나 다른 천적들이 쉽게 다가오지 못한답니다. 봐요, 제 주변이 안전해 보이지 않나요?"

말미잘의 독이 든 촉수에 대해서는 익히 들어왔었다. 역시나 그의 주변에는 우리가 두려워하던 천적들의 모습은 그림자도 보이지 않았다. 제안이 맘에 들었다. 하지만 한 가지 걸리는 것이 있었다. 보통은 소라게가 껍데기를 쓰고 그 위에 말미잘이 붙어 있는 형태로 다녀야

하는데 지금 나에게는 연약한 몸뚱이만이 있을 뿐이다. 말미잘에게 껍데기부터 찾아봐야겠다고 하자, 그의 몸이 작지 않아서 나의 등에 직접 붙어서 다녀도 될 거라 답한다. 약한 복부를 말아서 본인의 몸 아래에 부착시키면 굳이 무거운 껍데기를 이중으로 쓰고 다니지 않아도 될 거라말이다. 생각해보니 그렇게 해도 무방할 거 같았다. 솔직히, 아까 도망치느라 너무 힘을 빼서 껍데기를 찾을 기력이 없었다.

말미잘과의 공생관계는 이전의 껍데기 생활과 비교할 수 없을 정도로 안전했다. 소라게의 큰 천적 중 하나는 돌돔인데, 그것들은 청흑색의 몸통을 가지고 있다. 옆구리에 7개의 선명한 세로띠를 가진 모습은 위협적이었고 단단한 이빨도 가지고 있다. 성게의 뾰족한 뿔도 산산조각 내고 속살을 빨아먹을 수 있는 무시무시한 존재다. 한 번은 돌돔 한 마리가 우리를 발견하고 덮쳤는데, 말미잘이 촉수로 그의 배와 옆구리를 공격하여 무찔렀다. 줄행랑을 치는 돌돔의 뒷모습을 보면서 말미잘과 함께 한참을 웃기도 했다. 말미잘은 본인의 식사 문제로 불평을 하지 않았다. 정말로 그는 내가 먹고 남은 찌꺼기만으로도 충분히 만족했고, 오히려 여러 곳을 다니며 다양한 먹이를 먹을 수 있어서 기쁘다고 말한다. 그렇게 여러 날을 평화롭게 지내면서 다른 껍데기에 대한 생각은 쉽게 잊혀졌다. 왜 진작 말미잘을 만나지 못했을까 아쉬울 따름이다. 조금 더 빨리 만날걸. 평생을 말미잘과 살길 바라는 마음이 커져간다. 내 등에 직접 말미잘이 붙어있는 것 또한 전혀 불편하지 않다.

오늘도 여느 날과 같이 평화로운 하루를 시작했다. 식사를 위해 오늘은 어떤 물고기를 사냥할지 말미잘과 의논을 하고 있었다. 말미잘은 촉수를 기분 좋게 흔들며 저번에 암초 사이에서 사냥했던 물고기의 맛이 굉장히 좋았다며 오늘도 가자고 신나게 얘기한다. 콧노래를 흥얼거리며 암초 지대에 도착하였고 부지런히 물고기를 찾아다녔다. 그러던 중, 거친 암초 사이로 커다란 구멍을 발견하고 몸을 반으로 기울여 집게발로 휘적여 보았다. 물컹. 처음 느껴보는 촉감이다. 분명 물고기는 아니었다. 기분이 이상했지만 다시 한번 휘적여 보았다. 또 물컹거리는 것이 궁금해 집게발로 살짝 잡아보았다. 온몸을 흔드는 큰 진동과 함께 거대한 무언가가 뛰쳐나왔고, 사방이 검은 물로 휩싸였다. 한순간에 눈앞이 캄캄해지며 알 수 없는 매캐함이 목구멍을 가득 메웠다. 집게발을 최대한 휘적이며 그곳을 벗어나려 안간힘을 쓰는데 낯설지 않은 물컹함이 집게발에 닿았다. 그것의 형체는 점차 선명해졌고, 익숙한 두려움에 머리는 아득해진다. 문어. 그것도 이제껏 봐왔던 바다생물 중 가장 큰 덩치를 가진 놈이었다. 두껍고 기다란 다리가 8개나 있으며 각 다리마다 크고 강력한 빨판이 즐비했다. 놀란 마음이 진정되기도 전에 문어는 큰 눈을 뒤룩 굴리더니 우리쪽으로 빠르게 전진했다.

"소라게야 어서 몸을 돌려!"

말미잘이 재빨리 말했고 황급히 문어를 향해 말미잘을 돌렸다. 강력하게 뻗은 말미잘의 촉수는 바로 문어의 다리를 공격했고 성공적이었다. 문어는 다리를 배배꼬며 고통스러워했다. 그 거대한 몸뚱이가 울렁거리는 모습은 눈살이 찌푸려질 정도로 혐오스러웠다. 갑작스러운 고통에 적잖이 당황한 듯 다리를 벌벌 떨며 도망을 쳤다. 우리는 환호성을 지르며 승리의 기쁨을 나누었다. 역시나 말미잘의 촉수는 제아무리 거대한 문어라고 해도 상대가 되지 않는다. 문어가 사라진 방향을 한참이나 바라보다가 다시 여유롭게 물고기 사냥을 나섰다. 맛있어 보이는 물고기를 발견하고 헤엄쳐 가려고 하는데 멋대로 몸이 붕 떴다. 영문을 알기도 전에 눈앞이 이리저리 심하게 흔들렸다. 예기치 못한 진동에 말미잘은 급하게 나를 불렀다. 말미잘에게 대답할 새도 없이 단단하고 미끄덩한 무언가가 나를 감싸기 시작했다. 아뿔싸, 아까 그 문어다. 이 교활한 문어가 내 밑으로 기습 공격을 한 것이다. 주변에 아무것도 없었는데 이게 무슨 낭패인가! 끈적한 빨판들이 내 몸을 감싸기 시작했고 등 위에서 말미잘은 연신 무슨 일이냐고 소리를 외친다. 간신히 집게발 한쪽을 들어 문어의 다리를 세게 물었고 예상치 못한 반격에 문어는 물린 다리를 풀었다. 그 찰나에 등을 잽싸게 돌려 말미잘이 문어를 향하도록 움직였다. 이제야 사태를 파악한 말미잘은 순식간에 촉수를 들어 조여오는 문어의 안쪽 다리를 공략했다. 우리들의 공격에 잔뜩 성이 난 문어는 눈을 정신없이 굴려가며 말미잘과 나를 번갈아 보더니 말미잘 쪽으로 몸을 급하게 기울였다. 어찌나 빠른지 갈매기의 부리는 맥도 못 추릴 속도였다. 그놈은 세차게 다리를 휘둘러 내 등에서 말미잘을 떼어내는데 집중하기 시작했다. 나는 집게발로 문어 다리를 사정없이 물어댔고 말미잘은 촉수를 연신 쏘아댔지만, 그 큰놈을 물리치기란 여간 어려운게 아니었다. 문어는 몸통 중앙에 흉측

하게 자리잡고 있는 입을 연신 벌렸다 닫았다 하며 나를 위협했다. 세 명이 한 덩어리로 얽혀 오랫동안 엎치락뒤치락 하던 중, 문어는 마침 내 우리를 둘로 갈라버렸다. 말미잘이 등에서 떨어져 나가는 순간 촉 수를 한껏 뻗어 가까이 있던 문어의 눈을 찔렀고, 문어는 눈을 감싸며 신음을 토해냈다. 온몸을 괴기스럽게 비틀고 괴로워하면서도 다리를 뻗어 주변을 휘적였다. 그놈이 시야에서 사라지는 사이에 나는 재빨리 수면 위로 헤엄쳐 갔다. 중간에 뒤돌아보니 말미잘은 암초 귀퉁이에 간신히 몸을 지탱한 듯 보였다. 다행이다.

　간신히 수면 위로 올라왔다. 온 몸이 벌벌 떨리고 쑤신다. 갈매기를 피해 해초로 도망쳤던 날이 생각났다. 또다시 이런 일이 생기다니. 나 는 언제쯤 제대로된 껍데기를 찾아서 안정된 생활을 할 수 있을까. 지 금은 너무 지쳐서 껍데기를 찾으러 다닐 힘이 없다. 모래에 반쯤 묻혀 있는 다리는 움직일 생각을 하지 않았다. 고개를 들어 하늘을 보니 벌 써 노을이 진다. 유리병 껍데기를 처음 만났을 때와 같은 색이지만 오 늘은 유난히 짙다. 너무 짙어서 서럽다. 눈앞이 뿌옇게 변하는 것이 바 닷물 때문인지, 내 눈물 때문인지도 헷갈린다. 절망 가득한 마음을 추 스르기는 어렵지만, 몸을 피해야 하기에 억지로 발을 움직여 보았다. 땅만 쳐다보며 한참을 걷는데 무언가 내 앞을 가로막았다. 한숨을 쉬 며 천천히 고개를 들어보았다. 그것의 형체는 흐릿하게 눈에 맺혔다. 얼마나 오랫동안 잊고 지냈던 걸까. 그것을 인식하는 데는 눈을 다섯 번 깜박이는 시간이 필요했다.

나선형 껍데기.

찰방이는 파도 소리가 은은하게 울린다. 귓가에 속삭이는 바람 소리는 점점 선명해졌고, 저 멀리 갈매기의 울음소리가 들린다. 갈매기의 울음소리. 갈매기! 소스라치듯 깨어났다.

"아얏!"

부딪힌 눈을 집게발로 훔치며 주변을 살펴보았다. 단단하지만 아늑한 공간, 적당히 어두운 공간에 있었다. 다리를 움직여 보는데 복부가 움직이질 않는다. 고개를 숙여보니 복부는 구멍에 고정되어 있었다. 그것도 아주 안전하게. 아, 나는 지금 껍데기 안에 있다. 어제 보았던 그 나선형 껍데기. 밤새 동안 완전하게 보호되어 있는 내 모습에 안도의 웃음이 나왔다. 그동안 새로운 껍데기를 찾아다녔던 행보는 결국, 나선형 껍데기로 돌아가기 위한 긴 여정이었을 뿐이었다. 내 등을 거쳐왔던 껍데기들은 모두 이 껍데기로 안내하는 표지판이었다. 또다시 웃음이 났는데, 이전과는 달랐다. 가슴이 트이며 몸이 저릿했고 복부에서부터 따스한 기운이 올라왔다. 그 기운은 순식간에 온몸에 스며들어 순간적으로 웃음을 뱉어냈다.

그렇게 나는 돌고 돌아 나선형 껍데기로 돌아왔다.

돌고 돌아.

메리다의 행복 레시피

센

센 학생 시절부터 책을 한 번쯤은 써보고 싶었습니다. 어릴 적부터 대학생인 지금까지 자기소개를 할 때 취미와 좋아하는 것이 뭐냐는 질문에 꼭 책 읽기가 들어갔습니다. 동화책부터 에세이, 소설 등 가리지 않고 좋아했지만, 그중에서도 따뜻한 이야기를 나누는 판타지 책을 유독 좋아했습니다.

　침대에서 한 소녀가 기지개를 켜며 일어났다. 햇빛에 소녀의 머리카락이 밀 색으로 반짝였다.

　오늘은 메리다가 고대하던 10월 31일 핼러윈이었다. 그녀에게 핼러윈이라는 날은 고운 주홍빛 단호박 수프와 바삭한 파이지가 잘 어울리는 호박파이를 마음껏 마을 사람들에게 대접할 수 있는 날이었다. 그녀는 서둘러 침대에 일어나 계단을 내려가 영업안내문을 썼다.

'핼러윈의 호박파티 저녁 8시 오픈！

-메인 디시 : 호박 수프

-디저트 : 호박파이'

　까만 보드에 흰색 마커로 글씨를 써 내려간 자리에는 단정한 글씨체가 남았다. 또, 어린애도 알기 쉽게 메뉴를 그려놓은 것이 제법 그럴듯한 분위기가 났다.

달콤한 호박파이 레시피

메리다는 집 안으로 들어와 시계를 봤다. 벌써 아침 8시였다. 메리다는 서둘러 주방으로 향했다. 전날 감자 한 상자와 맞바꾼 옆집의 약 15피트쯤 되어 보이는 크기의 호박에 단단한 껍질을 벗겨낸 뒤 깍둑썰기를 하고 솥을 이용해 충분히 부드러워질 때까지 푹 삶았다. 충분히 삶은 주홍빛 호박에선 기분 좋은 단내가 났다.

호박을 주걱으로 곱게 으깨 호박 퓌레를 만들어 두고 반죽 작업을 시작했다. 박력분, 호박파이를 위해 미리 만들어놓은 무염 버터와 갓 낳아 아직 따뜻한 달걀이 순서대로 그릇에 들어가 서로 엉키며 때깔 좋은 노란 반죽이 되었다. 반죽을 휴지시킬 동안 휘핑크림, 우유, 밀가루, 주홍빛의 호박이 들어간 호박 퓌레를 차례대로 넣고 호박 필링을 만들어 뒀다. 휴지시킨 반죽을 곱게 펴 타르트 팬에 놓고 잘게 구멍을 낸 뒤 오븐에 넣었다. 적절히 구워져 나온 파이 지에 호박 필링을 채워 미리 170도로 예열해놓은 오븐 안에 호박파이를 집어넣었다.

따끈따끈 오븐에서 막 나온 호박파이가 보였다.

필링 부분은 윤기가 좌르르한 주홍빛이었고, 파이지는 바삭하다 못해 한 입 베어 물면 와삭- 소리가 날 것 같이 적절하게 익혀졌다. 메리다는 호박파이를 정갈하게 8등분으로 잘라 찬장에 넣었다. 냉장고에 먹음직스러운 호박파이가 있다는 것만으로도 메리다는 세상에서 가장 행복한 사람이었다.

고소 단백한 맛의 단호박 수프 레시피

저녁 디저트로 먹기에 적절한 호박파이를 완성한 메리다는 주요리 준비를 위해 바쁘게 움직였다. 옆집 옷가게를 운영하시는 아만다 아주머니께서 가게 3주년 선물로 주신 백합 자수가 촘촘히 박혀있는 앞치마를 벗고, 시장에 가기 위해 옷을 갈아입고 집을 나섰다.

늘 걷던 익숙한 길이 오늘따라 새로워 보였다. 시장을 가는 발걸음이 깃털처럼 가벼웠다.

종종 걸음으로 걷던 메리다는 주머니에서 장 볼 재료 리스트가 적힌 종이를 꺼내 들었다. 종이에 쓰여 있는 재료들을 하나씩 읽어 내려갔다. 양파, 설탕. 포대에 들어 있는 것. 로즈메리 그리고 조금의 바게트... 작게 웅얼거린 메리다는 차례대로 식자재들을 구매했다.

장을 보고 집에 돌아온 메리다는 단호박 수프를 준비하기 위해 바쁘게 움직였다. 음식의 메인인 단호박을 잘 씻어 4등분으로 조각내어 속 안에 있는 씨를 나무 주걱으로 파냈다. 장을 보기 전에 미리 올려둔 커다란 솥은 불에 달궈져 주변에만 가도 열이 느껴질 정도로 뜨거웠다. 펄펄 끓는 물에 메리다는 잘 손질된 단호박을 넣어 10분간 쪘다.

곧이어 깊이가 깊은 냄비에 버터를 두르고 약 불에 양파를 볶기 시작했다. 양파는 촉촉하게 버터에 절여져 갈색빛이 돌 때까지 충분히 볶았다. 볶은 양파에서는 버터의 향과 어우러져 달큰한 향기가 났다. 양파가 들어 있는 냄비에 주홍빛으로 익은 단호박과 고소하고 담백한 우유, 다량의 물을 넣고 중 불에서 자작하게 끓였다. 어느 정도 자작하게 끓여졌다 싶었을 때 주걱으로 열심히 으깨 부드럽게 만들어줬다. 예쁜 주홍색으로 끓여진 단호박 수프에 하얀색으로 입자가 고운 소금과 설탕을 넣어 맛을 더 해주었다. 고운 빛깔로 완성된 단호박 수프가 들어 있는 냄비의 뚜껑을 덮었다. '저녁 시간에 보자고 이쁜이.' 메리다는 보기만 해도 배부른 단호박 수프에 짧은 작별 인사를 건넸다.

수프를 끓이는 데 열중하느라 숙였던 허리를 펴자 '드득-'하고 이상한 소리가 났다.

수프의 양이 많아 끓이는데 많은 장작이 필요했던 탓에 메리다의 얼굴은 숯검정이었다. 뽀얗던 볼은 거뭇했고, 햇빛에 비춰 빛나는 밀 색 머리는 잿가루에 덮여 빛을 잃었다.

손으로 털면 털수록 거뭇한 것들이 얼굴에 묻어났다. '하아-' 메리다는 작게 한숨을 쉬고 시계를 보았다. 어느덧 저녁 6시가 되어 해가 지평선 너머에 걸려있었다.

메리다는 앞치마를 벗고 샤워를 하기 위해 나무계단을 올라갔다.

계단이 삐걱 대는 소리가 들렸다. 조만간 나무 계단을 고쳐야겠다는 생각을 하며 8시에 있을 핼러윈 파티를 위해 서둘러 씻고, 단장을 했다. 큰맘 먹고 산 벨벳으로 멋들어지게 마감된 검 붉은색 드레스를 입었다. 머리는 반 묶음으로 적당히 불편하지 않게 고정했다. 소매에 달린 프릴이 사부작 사부작 메리다의 손등을 간지럽혔다.

즐거운 핼러윈 파티

시계 바늘의 시침이 8을 가르켰다. 드디어 핼러윈 파티가 시작되었다. 메리다는 가게의 문을 활짝 열었다. 문 너머의 풍경이 펼쳐졌다. 어느새 제법 어둑해진 하늘에 별이 희끗희끗 보였다. 사람들이 하나 둘 씩 주전부리를 잔뜩 들고 메리다의 가게로 걸어왔다. 어떤 꼬마는 엄마 손을 놓칠세라 꼭 잡고는 직접 만든 듯 어딘가 어설픈 호박 코스튬을 입고 걸어왔고, 어떤 청년은 어디서 난 것인지 제법 흉흉하게 살점이 뜯겨진 모양새로 된 코스튬을 하고 걸어왔다.

본격적인 파티가 시작되었다. 어느새 마을 사람들로 북적이는 메리다의 가게는 사람들의 떠들썩한 이야기로 가득 찼다. 오늘의 메뉴를 보고 맛있겠다며 입맛을 다시는 사람도 있고, 작년에 메리다가 준비해 준 음식이 정말 맛있었으니 이번에는 얼마나 맛있을지 기대된다며 함박웃음을 짓는 사람들도 있었다. 개중에는 자신이 한 코스튬이 돈과 공을 많이 들인 것이라며 자랑하는 사람도 있었다.

메리다는 찬찬히 손님들의 코스튬을 살펴보았다. 옆집 옷가게를 운영하시는 아만다 아주머니는 검은빛 벨벳을 포인트로 한 마녀 코스튬을. 시장에서 질 좋은 감자를 파시는 필립 아저씨는 머리에 꽂혀있는 흉흉한 도끼가 잘 어울리는 좀비 코스튬을. 각자의 개성이 돋보이는 코스튬을 하고 있었다.

'짝-짝-'

메리다는 손바닥을 두 번 쳤다.

"여러분! 모두 자리에 앉아주세요!"

메리다의 말에 어수선한 분위기가 조금 사그라들었다. 하나 둘 씩 자리에 앉기 시작했다. 메리다가 정성 들여 세팅해 놓은 테이블에는 리넨으로 만들어진 호박무늬 식탁보가 깔려 있고, 재작년에 대량으로 담가놓은 백포도주가 빛깔 좋게 와인 잔에 담겨있었다. 커틀러리 또한 핼러윈에 맞게 손잡이 부분에 호박모형이 달려있었다.

"오늘의 메인디시는 단호박 수프입니다."

메리다가 오늘 선보일 메뉴를 이야기하며 끓여 놓은 수프의 뚜껑을 열었다. 수프의 양이 많은 덕에 아직도 따뜻하게 온도가 유지된 수프는 선홍빛으로 먹음직스럽게 빛났다. 메리다가 뚜껑을 열자 단호박 수프 특유의 단내가 실내를 가득 메웠다. 어린아이들은 벌써 수프가 먹고 싶다고 칭얼거렸고, 어른들은 맛있는 수프 냄새에 침만 꼴깍꼴깍 삼켰다. 모두 수프에 몰두한 모습이었다.

메리다가 국자를 들어 오목한 접시에 수프를 가득 담아 차례대로 테이블에 뒀다. 테이블에 따끈하게 차려진 수프를 만족스럽게 본 메리다는 환하게 웃으며 외쳤다.

"해피 핼러윈!"

메리다가 외치자 마을 사람들 역시 같은 단어를 외치며 하나 둘 씩 수프를 떠먹기 시작했다.

꾸덕꾸덕한 질감의 수프가 입에만 넣으면 사르르 흩어져 물처럼 꿀떡꿀떡 잘도 넘어갔다. 풍기는 단내에 비해 많이 달지도 않고 적당한 달콤함이 입가에 맴돌다가 고소한 맛으로 마지막을 깔끔하게 장식했다. 거기에 옆 마을 빵집을 운영하시는 셸리 아주머니께서 주신 바게트에 무염 버터를 조각내어 바게트 사이 사이에 넣고 파슬리를 뿌려 오븐에 익혔다.

옅은 갈색이었던 바게트가 오븐의 마법으로 윤기 좌르르하게 익어 맛있는 진갈색이 되었다. 메리다는 바게트를 빵칼로 정갈하게 잘라 식탁에 내려놓았다. 내려놓기가 무섭게 포크가 달려들어 어느새 빵은 온데간데없고 빈 그릇만이 덩그러니 자리를 지키고 있었다. 마을 사람들은 하나 같이 누가 시키지도 않았는데도 고소하고 담백한 바게트를 단호박 수프에 찍어 먹었다. 바삭한 빵에 촉촉하고 부드러운 수프가 묻혀져 여러 차례 입속으로 들어갔다. 사람들의 반응이 좋자 메리다는 안도했다.

사람들에게 음식을 해주고 상대방의 반응을 확인하는 데에 있어서 메리다는 늘 약한 모습을 보였다. 메리다는 그때서야 자신의 몫의 바게트를 집어 단호박 수프에 찍어 맛보았다. 선홍빛 단호박 수프에 겉은 바삭하고 속은 촉촉해 버터 향과 바질 향이 오묘하게 섞인 바게트가 조화로운 맛을 냈다. 과연, 절로 감탄이 나오는 맛이었다.

핼러윈 파티의 분위기는 더욱더 무르익어갔다. 성공적인 메인디시 덕분이었다. 마을 사람들과 이런저런 이야기를 나누면서 먹다 보니 수프는 금방 바닥을 드러냈다.

메리다는 수프가 동나자마자 찬장에서 만들어 둔 호박파이를 꺼내 마을 사람들에게 선보였다. 8등분으로 나누어진 호박파이는 필링 부분이 주홍빛으로 먹음직스럽게 반짝거렸다. 어설픈 호박 코스튬을 한 꼬마 제리가 손을 번쩍 들고 외쳤다.

"빨리 줘!"

꼬마는 빨리 먹고 싶어 안달이 나 있었다. 손잡이에 호박 모형이 달린 포크를 손에 꼭 쥐고 책상을 몇 번 쳤다. 볼은 공기를 넣어 빵빵하게 부푼 채로. 그럴 만도 했다. 메리다가 찬장에서 파이를 꺼냈을 때 마을 사람들은 파이의 영롱한 자태에 약 1분간 쳐다보기만 했다.

꼬마의 앙칼지고 간절한 외침에 메리다와 마을 사람들은 유쾌하게 웃었다. 메리다는 호박파이를 떠서 꼬마의 그릇에 놓아 주었다. 꼬마는 그릇에 호박파이가 놓이자마자 빵빵하게 부푼 볼을 집어넣고 호박파이를 맛보기 시작했다. 포크에 호박파이가 부스러져 꼬마의 작은 입속으로 들어갔다. 와삭-. 꼬마의 입속에 들어간 파이지가 소리를 냈다. 꼬마는 눈을 번쩍 떴다. 그리고 내렸던 손을 다시금 들고 외쳤다.

"맛있어!!!!"

어찌나 큰 외침이었는지 술에 취해 테이블에 머리를 박고 있던 헨리 아저씨가 깜짝 놀라 벌떡 일어났다.

"나 술 안 마셨어!"

마을에 유명한 주정뱅이인 헨리 아저씨는 술 때문에 그의 부인인

케인 아주머니와 종종 싸우곤 했다. 정확히 말하자면 아저씨가 우람한 등짝을 맞으며 사과하는 걸로 마무리되는 날이 다반사였지만. 메리다와 마을 사람들은 아까보다 더 큰소리로 웃었다. 깔깔- 꺄르륵. 하하하.

헨리 아저씨를 잘 아는 올리비아 아주머니는 그를 보고 웃느라 데굴데굴 바닥을 굴렀다. 정말이지 유쾌한 핼러윈 파티다.

어느 정도 진정이 되고 나서야 메리다와 마을 사람들은 호박파이를 맛볼 수 있었다. 포크를 세워 한입 크기로 잘라 입에 넣었다. 입에 넣자마자 퍼지는 호박 특유의 은은한 단맛과 주홍빛 필링의 부드러운 식감이 혀를 즐겁게 했다. 필링의 밑을 받쳐주는 파이는 버터의 고소한 향이 났고, 바삭해 계속 씹고 싶게 만드는 제주가 있었다.

또한, 백포도주와 곁들여 먹으니 맛은 배가 되었다. 파이 특유의 담백하면서도 달달한 맛과 빛이 맑고 투명한 백포도주의 달달한 맛이 무척 잘 어울렸다.

이번 핼러윈 파티는 무척 성공적이었다. 메리다는 마을 사람들의 표정을 봤다. 다들 무척 즐겁고 행복해 보였다. 음식을 하는 일을 좋아하지만, 체력적으로 힘든 것은 어쩔 수 없는 일이었다. 하지만 음식을 내어 보이면 사람들이 짓는 표정이 그 고생들을 모조리 보답해주는 것 같았다. 메리다는 다음 핼러윈이 더욱더 기대되었다.

나는 쌍꺼풀 빼고
다 가진 사람이다

장윤정

장윤정   단 하루라도 좋으니 아무 생각 없이 살 수 있는 날을 간절히 꿈꾸는 일명 '생각쟁이'. 생각이 꼬리를 물어 감정까지 멋대로 조종하기에 이르는 순간을 수없이 경험했다. 살아가는 데 있어 꼭 필요한 '생각'을 끔찍이도 싫어하게 된 이유다. 하지만 생각 없이 살아도 괜찮을 자신이 전혀 없다. 그래서 생각 없이 살 수 있길 바라기보다 자연스러운 생각과 감정에 솔직해지는 편을 택했다.

  가만히 있어도 마구 생겨나는 생각처럼 쌍꺼풀도 어느 순간 자연히 생겨난다면 얼마나 좋을까? 영 가망 없어 보이는 현실이 애통할 뿐이다.

instagram: @cheer_yunjeong_up

지금껏 살아오는 동안 내가 갖지 못한 것은 '쌍꺼풀'뿐이었다. 무엇이든 남 부러울 것 없이 가진 사람이었지만, 짙고 두꺼운 쌍꺼풀을 소유한 우리 엄마는 내게 주고 싶은 것들이 너무 많았던 나머지 쌍꺼풀을 깜빡하셨다. 물론 문득 쌍꺼풀이 인생에서 가장 중요한 것처럼 느껴질 때도 있었다. 하지만 크게 개의치 않았다. 그동안 나는 쌍꺼풀 빼고 다 가진 사람이'었'기 때문이다.

누군가는 이런 근거 없는 자신감을 비웃을지 모르겠다. 나는 소위 말하는 물질적 금수저가 아니다. 게다가 여태 발견되지 않은 걸 보면 특출난 재능이나 타고난 공부 머리도 딱히 없는 것 같다. 그렇다면 특별한 외모의 소유자? 그건 더더욱 아니다. 늘 최고가 되고 싶어 발버둥 쳤지만, '1등'이 되긴 참 어려웠다. 그래도 살아오는 동안 모든 면에서 부족함을 느껴본 적이 없었다. 어린아이가 하고 싶은 것을 크게 제약받지 않고 해볼 수 있는 환경하에 있었다는 것은 분명 남 부러울 것 없이 뭐든 가진 사람이라 자부할 만한 이유가 될 수 있다고 생각했다.

다만, 자연적인 쌍꺼풀을 갖는 것은 다시 태어나지 않는 이상 불가능할 것 같다. 물론 쌍꺼풀을 만들어보려고 시도해본 적도 여러 번 있었다. 쌍꺼풀 테이프나 액을 사용해서 쌍꺼풀을 만든 후 오랜 시간 기다리다 보면 어느 순간 원래 있었던 것처럼 자리 잡는다는 말에 꾸역꾸역 버텨내 봤다. 사실 도구를 사용해도 인공적인 쌍꺼풀조차 잘 생기지 않았을 때 이미 알아보긴 했다. 몇 번을 반복했지만, 도구들은 모두 무용지물이었다. 신비롭게 두꺼운 내 눈두덩이가 수술 없이는 쌍꺼풀을 품어주지 않았다. 이런 이유로 한땐 무슨 짓을 해도 절대 예뻐질 수 없겠다고 생각했다. 정말 비극적인 일이었다. 마치 세상을 다 잃은 듯한 느낌이었다.

유치원에 처음 등원했던 순간부터 늘 어딘가에 자연스레 소속되어 있었다. 그리고 소속된 곳 어디서든 어른들은 내게 훌륭한 사람이 되기 위해 해야 할 것들을 끝없이 가져다주었다. 훌륭한 사람이 되어야 했기에 주어진 순간들을 최선을 다해 살아냈다. 이런 매 순간은 의지인 한편, 의무이기도 했다. 그래서 압박감이 없을 수는 없었지만, 그렇다고 열심히 살지 않을 이유도 없었다. 그 결과로 받은 좋은 평가나 칭찬은 또 다른 삶의 원동력이 되어주었다.

초등학생 때 칭찬 스티커로 비어 있는 포도 알맹이를 하나하나 채워가며 느꼈던 뿌듯함은 이루 말할 수 없었다. 똑 부러지게 발표했다며 선생님께서 주셨던 볶은 서리태와 달콤한 간식들은 어린 내 마음에 불을 지펴주었다. 1등도 아닌 내게 친구들이 잔뜩 보내주던 부러움 어린 시선을 잊을 수가 없었다. 그런 모든 순간이 행복했기 때문에 장차 훌륭한 사람이 될 수 있을 것만 같았다. 동시에 뜻하지 않았음에도 어느 순간 좋은 결과만 끌어내는 기계적인 습관을 만들어버리고 말았다.

결국, 살아가며 주어진 일들을 무난히, 아니 제법 잘 해냈다. 그리고 그런 내 모습과 결과에 그럭저럭 만족했다. 만족감은 항상 온 힘을 다해 자존감을 받쳐주고 있었다. 특별하지도, 모자라지도 않은 만족감이었다. 다만, 자존감을 지켜주고 있음에도 언제 부서질지 모르는 위태로운 상태라는 것은 전혀 눈치채지 못했다.

살면서 여러 번의 졸업식을 경험했고, 매번 그 여운에서 오래도록 헤어 나올 수 없었다. 그만 다 내려놓고 떠나야 하는 그 환경에서의 모든 게 그리워 슬프기만 했다. 분명 좋은 추억만큼 잊고 싶은 기억들도 꽤 많이 존재했을 텐데. 떠나고 떠나보내는 것을 많이 어려워하는 사람인가 보다. 이런 이유로 대부분의 졸업식은 내게 기다려지는 행사가 아니었다. 그러나 대학교 졸업식만큼은 사뭇 다른 느낌이었다. 종종 졸업식을 기점으로 변화할 것들을 즐겁게 상상해보곤 했다. 학생 신분에서 벗어나 늠름한 사회인이 되는 그 순간을 기다려본 적도 있었다.

이런 오랜 로망과 달리 올해 2월 펼쳐진 내 마지막 졸업식은 실감할 새 없이 조용히 지나갔다. 코로나19가 세상을 장악한 것이 그 이유였다. 다음날 잠에서 깨어나니 더는 학생이 아니었다. 순식간에 흘러간 하루 사이에 나를 품어주던 곳도, 의무적으로 열중해야 할 일도 모두 사라졌다. 나를 옥죄던 각양각색의 부담감에서 벗어났다. 일 년에 무려 네 번씩이나 찾아왔던 중간고사와 기말고사의 괴롭힘을 당하지 않을 수 있게 됐다. 며칠을 붙잡고 있어도 제출 마감 날짜 직전에야 비로

소 능률이 오르던 과제의 늪에서 드디어 헤어났다. 이제는 졸업을 좌지우지하는 수많은 졸업 요건을 빠짐없이 충족하기 위해 조마조마해할 필요도 없었다. 딱히 갈망해온 건 아니지만 처음으로 진정한 자유를 얻게 된 셈이었다.

하지만 몸도, 마음도 여전히 무언가에 얽매인 듯 편치 않았다. 그 이유를 명확히 알 수 없어 더 답답했다. 하루 사이에 백수가 되긴 했지만, 급히 돈을 벌어야 하는 상황이 아니었다. 게다가 취업에 대한 압박을 주는 사람도 없었다. 여전히 부모님께서는 내 삶을 전폭적으로 지원해주고자 하셨다. 나는 변함 없이 부족함 없는 환경 속에 있었다. 변한 것은 더 이상 학교에 다니지 않아도 되는 상황뿐이었다.

얼마나 감사한 일인가. 힘들어할 이유가 없다고 스스로 결론 내렸다. 덧없고 허망한 기분은 곧 극복할 수 있으리라 생각했다. 불안함에서 비롯되는 기분이 아닐까 싶기도 했다. 이십삼 년간 기계적으로 무언가에 집중하며 살아온 것처럼 억지로라도 해야 할 일을 만들어내야 할 것만 같았으니까. 도태될지 모른다는 두려움에 휴학 한 번 하지 못했다. 나름 숨 돌릴 여유 없이 열심히 살아왔다. 12년 동안의 유일한 목표였던 대학 졸업장까지 빠르게 품에 안았다. 누군가는 12년간의 목표를 이룬 만큼 한 번쯤 쉬어가도 되지 않겠느냐 하겠지만, 지금껏 그래왔듯 쉬어갈 생각은 조금도 없었다.

'인생이 어떻게 흘러갈지는 그 누구도 예측할 수 없다' 내게 이 말을 실감하는 순간이 벌써 올 줄 몰랐다. 대학교 2학년 끝자락, 교사의 꿈보다는 보험 삼아 지원했던 교직 이수 프로그램에 선발되었다. 교직

이수가 가능한 우리 학교를 일부러 선택해 지원한 동기들이 다수였던 반면, 나는 입학 전 교직에 관해 생각해본 적이 없었다. 많이 존경하고 감사하는 은사님들의 영향이었을까, 나에게 교사란 감히 꿈꿀 수 없는 직업이었다. 능력 많은 누군가의 소임이라고만 생각해왔다.

　이러한 생각은 교직 이수 예정자로 선발된 후 필요한 과정을 이수하며 차츰 바뀌어 갔다. 가르치는 일이 가슴을 뛰게 했다. 최고가 되어야 했기에 늘 배움을 두려워했던 내 모습이 문득 떠오른 순간도 있었다. 비록 나는 뒤늦게야 발견했지만, 학생들이 학교에서 가장 적절한 시기에 진정한 배움의 가치와 즐거움을 느낄 수 있도록 해주고 싶었다. 무궁무진한 가능성을 지닌 학생들을 만나 그들의 가능성을 함께 끌어내어 주겠다고 결심했다. 학부 과정을 모두 마치고 공립 교사를 선정하는 임용시험에 도전해보기로 했다. 큰 포부로 찬찬히 계획을 세워보았다. 막연함이 큰 만큼 자신감도 함께 커지는 모순적인 경험을 했다. 하지만 이번만큼은 근거 없는 내 자신감을 믿어보기로 했다. 졸업장 왼쪽에 함께 부착된 교원 자격증을 바라보며 마음을 다잡았다.

　당장 시험에 대해 아는 것이 없었기 때문에 먼저 시험에 대해 알아보는 것이 필요했다. 이 시험에서는 희박한 행운을 간절히 바라며 몇 가지 선택지 중 하나를 찍는 것조차 불가능했다. 몇 개 되지 않는 단답형 문제를 제외한 모든 문제가 서·논술형으로 구성됐다. 이런 이유로 매년 시험이 치러진 후 시험지는 공개되지만, 답안지는 공개되지 않았다. 기출 문제의 모범 답안을 알 수 없는 상황이었다.

　공부 방향을 잡는 데 합격 수기가 가장 큰 역할을 한다는 말을 듣고 다양한 수기를 찾아보기도 했다. 가장 깊은 인상을 준 문장은 '합격자도 합격의 이유를 정확히 몰라요.'였다. 여러 수기에서 비슷한 맥락의 문장들을 발견할 수 있었다. 문장의 정확한 의미는 몰라도 합격이 쉽지 않다는 것만은 확실했다. 엎친 데 덮친 격으로 시험 범위까지 막연히 방대했다. 시험 범위가 명확히 정해져 있지 않기 때문에 어디서도 내게 시험 범위를 정리해 알려주지 않았다. 아니, 알려줄 수 없었다는 말이 더 적절한 표현일 것 같다.

알면 알수록 막연해졌다. 그래도 본격적으로 공부하기 전 시험 정보부터 먼저 찾아보고자 한 것은 너무나 탁월한 선택이었다. 예상보다 훨씬 어려운 여정이라는 사실을 직감했다. 하지만 그때까지만 해도 내 근거 없는 자신감은 여전했다. 근거가 없기에 결국은 무너지고 말 거란 사실을 조금만 더 일찍 알았더라면 무언가 바뀌었을까?

방대한 범위의 내용을 무작정 공부하려 하면 효율성이 떨어질 수밖에 없다고 판단했다. 능률적인 방법으로 공부하는 게 필요할 것 같아 분야별로 기본 이론 강의를 수강하게 되었다. 적지 않은 비용을 들여 신중히 결정한 일이었다. 인터넷 강의는 그 특성상 필요한 부분을 반복해 들을 수 있다. 많은 수험생의 학습을 긍정적으로 돕는 이러한 장점이 내겐 오히려 악영향을 미쳤다. 한 시간짜리 강의를 듣는 데 꼬박 반나절이 걸렸다. 서·논술형 시험인 만큼 모든 내용을 놓치면 안 된다는 압박감이 강의에 필요한 시간만 한없이 늘려갔다. 설상가상으로 강의는 무슨 일이 있어도 정해진 기간 내 꼭 수강해야만 했다. 체력의 한계로 인해 시간적 여유가 전혀 없었다. 그렇게 오로지 강의 듣는 데만

급급하던 어느 날이었다.

"그럼 지금까지 배운 내용이 실제 시험에 어떻게 적용됐는지 볼까요?"

기출 문제를 함께 살펴보자는 강사님의 한 마디에 미리 출력해두었던 시험지를 펼쳤다. 지금까지 공부해온 시간이 머릿속을 파노라마처럼 스쳐 가며 괜한 오기를 잔뜩 불러일으켰다. 혼자서 충분히 풀어낼 수 있을 것만 같았다. 그래도 그동안 공부한 게 있는데……. 보란 듯이 맞혀보고 싶었다. 크게 한 번 심호흡한 후 빼곡히 적힌 글자 위로 시선을 옮겼다.

문제를 읽어내려감과 동시에 큰 충격과 혼란에 휩싸였다. 단 한 문제를 풀기 위해서도 여러 개념이 필요했다. 공부했던 다양한 개념을 함께 떠올린 후 적절히 연결 지어 답안에 녹여내야만 했다. 문제 형식 자체가 이렇듯 굉장히 복합적인 접근을 요구하고 있었다. 몇 개월에 걸쳐 겨우겨우 한 번씩 접한 이론적 지식만으로는 문제에 대해 고민하는 것, 아니 문제 이해 자체가 불가능했다. 공들여 쌓아온 탑이 한순간 무너진 듯한 느낌이었다. 어디서부터 어떻게 다시 시작해야 하는 걸까. 내가 도전해볼 수 있는 시험이 맞긴 한 걸까. 애초에 안 되는 일을 억지로 해보려고 했던 욕심이 결국 화를 부르는구나. 눈앞이 캄캄했다. 희미한 빛조차 전혀 보이지 않는 어두운 구렁텅이 속으로 점점 더 깊이 떨어져 갔다.

어떻게든 올라와 보려 발버둥 쳐도 쉽게 벗어날 수 없었다. 가장 큰 이유는 내가 가진 '공주병'이었다. 미워도 오래오래 함께해야 하니까 받아들일 수밖에 없었던 애증의 친구다. 이 친구를 처음 만난 지도 벌써 3년이 다 되었다. 물론 진짜 병명이 아닌 환우들 사이에서 불리는 귀여운 별명일 뿐이었다. 환우들은 이 병의 경우 자기가 마치 어느 왕궁의 공주라도 된 듯 착각해서 환우들을 힘들게 하는 거라 우스갯소리 하곤 했다. 실제로 아이러니하게도 공주처럼 몸과 마음을 쉬어주어야 악화를 막을 수 있는 병의 특성이 별명과 딱 맞아떨어졌다. 그래서 내 병을 비유해 표현할 때 나도 이 명칭을 종종 사용하곤 했다.

병이 악화하면 그게 어떤 증상으로 나타날지 아무도 몰랐다. 매달 진료하고 약을 처방해주시는 의사 선생님조차 예측할 수 없었다. 이런 무시무시한 병을 조금이나마 완화하는 방법은 스트레스를 받지 않는 것. 스트레스를 받지 않으면 병에 걸리지 않은 다른 사람들처럼 무리 없이 일상생활도 소화해낼 수 있었다. 처음에는 쉬운 일인 줄 알았다. 덜 아프게 살 수 있다는데 스트레스 피하는 것쯤이야. 하지만 하고 싶은 일들이 많아질수록 더 많은 스트레스에 둘러싸였다. 병에 영향을 주는 다른 요인들은 어느 정도 내 의지로 피해 갈 수 있었다. 그러나 스트레스는 내가 직접 제어할 수 있는 영역이 아니었다. 스트레스를 받지 않으며 사는 것이 어떤 치료법보다 어려운 일이라는 것을 곧 깨달았다.

남들은 차츰 스퍼트 내는 시점, 공부 방향부터 다시 고민해야 한다는 것은 상상할 수 없을 만큼의 스트레스를 불러왔다. 이불에 머리만 닿으면 잠들던 내가 매일같이 잠을 설쳤다. 어떤 순간에도 힘이 되었던 엄마의 한마디는 항상 꾹꾹 눌러 두었던 눈물을 폭포처럼 쏟아내게 했다. 수험생활을 시작하겠다고 말씀드렸던 순간부터 엄마는 단 한 번도 공부하라고 닦달하지 않으셨다. 엄마 눈엔 어리기만 한 큰딸이 그저 건강하고 평범하게 사는 게 유일한 바람이라 하셨다. 그런데도 몸과 마음이 힘들 때면 어둡고 삭막한 망망대해 위에 혼자 둥둥 떠 있는 것만 같았다. 내 편이 되어주던 사람들이 어김없이 아무도 보이지 않았다. 무서웠지만 꾹 참아내는 것도 방법이라 생각했는데, 바보 같은 생각이었다. 결국 스트레스는 걷잡을 수 없이 커져 무난했던 몸 상태마저 악화시킬 지경에 이르렀다. 어떻게든 구렁텅이에서 벗어나 더욱 나아가 보려는 처절한 내 발버둥을 강제로 멈추게 하고 만 것이었다.

공부량과 시간을 눈에 띄게 줄였다. 살기 위한 어쩔 수 없는 선택이었다. 가끔 친구들에게 공부 잘돼 가냐는 응원의 연락이 오면, 어떻게 답해야 할지 몰라 요양 중이라고만 둘러댔다. 야심 찼던 시작이 흐지부지되어 가고 있었다. 한 해 동안 온 힘을 다해 열심히 공부해도 떨어지는 사람이 대다수인 시험임을 너무나 잘 알고 있었다. 올해 시험에 합격할 가능성이 급격히 바닥과 맞닿아져 가는 것 같았다.

공부 방향조차 모호한 상황에서 실낱같은 희망을 좇는 건 무의미하겠다는 생각이 들었다. 그래서 올 한 해는 내년을 위한 경험과 배움의 시간으로 보내자고 겨우 합리화했다. 이제 모든 게 나아질 거라 자신했다. 올해 꼭 합격해야 한다며 조급해할 필요가 없다고 생각했다. 내 상황에 맞게 멀리 보고 천천히, 그리고 꾸준히 나아가는 것도 하나의 전략이라는 확신이 들었다.

지금껏 쉼 없이 달려만 왔으니 올해는 건강에 조금 더 힘쓰는 게 맞지 않을까. 어떻게든 찾아야 했던 공부 방향에 관한 막막함과 짧은 시간 내 많은 내용을 공부해야 한다는 조급함이 사라졌다. 건강한 모습으로 첫 학생들을 만나기 위해 준비하는, 그토록 꿈꿔왔던 미래가 머릿속에 생생하게 그려졌다. 그래서 단 한 번뿐인 올해 시험의 기회를 욕심 없이 느슨하게 마주하겠다는 중대한 다짐에도 난 너무나 괜찮은 줄만 알았다.

그런데 무언가 잘못되고 있었다. 매일 이유 없이 불편했다. 아침에 눈을 뜬 순간부터 심장이 빠르게 뛰고, 호흡이 가빠짐을 느꼈다. 이상한 일이었다. 내 인생 거의 모든 순간을 함께한 욕심을 애써 내려놓았으면 몸도 마음도 여느 때보다 편해져야 하는 게 정상이라 생각했는데 말이다.

이런 내 생각에 틀린 부분은 없었다. 그러나 잘못된 그 무언가는 스스로 끊임없이 행했던 세뇌에 있었음을 곧 알게 되었다. 받아들일 준비가 되지 않은 상태였음에도 불구하고 무작정 필요한 생각과 감정을 강제적으로 세뇌하려 했던 게 화근이었다. 내려놓은 줄로만 알았던 욕심이 여전히 확실한 존재감을 뽐내고 있었다. 이유 모르게 하루에도 수십 번씩 기분이 롤러코스터를 타는 듯했다. 마치 뇌 속 어딘가 고장난 것처럼. 이런 알 수 없는 기분 변화는 그토록 피하고 싶었던 신체적인 공주병 증상들보다 나를 아프게 만들고 있었다.

문득 거울을 볼 때면 두 눈에 눈물이 그렁그렁 맺혔다. 이렇게 볼품없는 사람이 또 있을까. 이런 내 마음을 아는지 모르는지 그리도 간절히 원해온 쌍꺼풀은 여전히 생길 기미가 없었다. 공주병 환자가 되면

서 혹시 모를 감염의 우려로 쌍꺼풀 수술의 희망도 물 건너간 지 오래
다. 가능성을 보여줄 흐릿한 선조차 찾을 수 없는 밋밋한 두 눈이 유난
히 못나 보이곤 했다. 쌍꺼풀은 늘 내게 미의 상징이었다. 예쁘기라도
했으면 우울함이 좀 덜 했을 텐데.

참, 갖지 못한 쌍꺼풀에 대한 한은 내가 태어난 지 4년 뒤 세상에 나
온 하나뿐인 여동생이 보란 듯이 풀어주었다. 동생은 어렸을 때부터
정말 예뻤다. 어딜 가나 연예인 하면 되겠다는 소리를 지겹도록 들을
정도였으니까. 얼굴도 예쁜데 하는 짓도 예쁜 건 반칙이라 생각하기도
했다. 그렇지만 나보다 잘난 동생이 미웠던 적은 단 한 순간도 없었다.
오히려 동생을 자랑하고 다니기 바빴고, 그런 동생도 나를 곧잘 따랐
다. 우린 어렸을 때부터 남다르고 특별한 자매였다.

그래서였을까? 내가 점점 '최악의 인간'이 되어가고 있었다는 사실
마저 동생을 통해 느끼게 되었다. 어느덧 올해 스무 살인 동생은 어렸
을 적 모습을 고스란히 품고 자랐다. 어릴 때만큼, 아니 그 이상으로
예쁜 어른이 되었다. 동생에게는 늘 하고 싶은 것들이 많았다. 가족들
의 조언에 따라 그렇게 넘쳐흐르는 꿈들을 고등학생 때까진 꼭꼭 품어
두었다가 스무 살이 된 후 마음껏 펼쳐가고 있었다.

동생의 경우 코로나19로 인해 낯설고 고된 입시 기간을 거쳐 대학
에 입학했다. 하지만 이후에도 불안정한 상황은 좋아지지 않았다. 그
렇게 동생은 대학 생활 역시 온전하게 시작할 수 없게 되었다. 대학교
4년 동안 전염병 걱정 없이 많은 것을 경험해 온 나와는 사뭇 다른 대
학생으로서의 시간을 보내게 된 셈이었다. 그런데도 동생은 어쩔 수

없는 상황적 요소를 크게 탓하지 않았다. 그저 자신이 처한 상황에 맞춰 그간 하고 싶었던 일에 대한 견문을 차츰 쌓아갔다. 엄밀히 말하면 비대면 수업의 비중이 늘면서 시간을 내어 짬짬이 사회생활에 뛰어든 것이었다. 하지만 내 눈에 동생은 분명 더할 나위 없이 즐거워 보였다. 틀림없었다.

하루는 동생의 퇴근 시각이 늦어져 부모님께서 같이 동생을 데리러 가자고 제안하셨다. 졸업 후 나는 간간이 잡히는 약속 날을 제외하면 주로 집에서 시간을 보냈다. 물론 모든 수업이 비대면으로 진행되었던 작년도 별 다를 바 없긴 했지만, 졸업생이 된 올해는 작년과 다름없는 칩거 생활이 조금은 다르게 느껴지는 것 같았다. 먼 거리 외출이 오랜만이기도 했고, 워낙 드라이브를 좋아해서 고민 없이 따라나섰다. 가는 길에 집 앞 카페에서 드라이브의 묘미를 더해줄 버블티 네 잔을 샀다. 한 모금 쭉 빨고 오물거리면서 화려한 조명 빛으로 수 놓은 창밖을 물끄러미 바라보았다. 딱 무념무상의 상태였다. 아무런 생각도 없는 상태. 어쩌면 생각이 너무 많아서 전부 밀어내고만 싶은 내 바람이 투영된 상태였던 것 같기도 하다.

퇴근이 지연되고 있다는 메시지에 도착 후에도 조금 더 기다렸다. 얼마 지나지 않아 메이크업과 스타일링을 받아 딴사람이 된 동생이 차에 올라탔다. 올 한 해 동안 이렇게 딴사람이 된 동생의 모습을 수없이 봤지만, 일을 마무리하자마자 차에 올라탄 동생과 마주한 건 처음이었다. 그렇다고 해서 달라진 건 없었는데, 왠지 낯설었다.

동생은 차에 타자마자 자기 자리에 놓인 버블티를 보고 잔뜩 감동

했다며 시원하게 긴 한 모금을 들이켰다. 그리고는 하루 동안 겪은 일들을 재잘재잘 늘어놓았다. 어떻게 버텨냈나 싶을 정도로 힘든 순간들도, 꿈만 같았을 즐거운 순간들도 있었다. 문득 동생을 가만히 쳐다봤다. 마냥 행복해 보였다. 부모님께서는 스무 살이 되자마자 혼자서 사회에 뛰어든 동생이 신기하신 듯 동생의 이야기를 듣고 이것저것 연거푸 물어보셨다. 부모님도 동생만큼이나 정말 행복해 보이셨다.

이제 내 차례였다. 지금껏 그래왔듯 대견한 동생에게 공감과 응원을 아낌없이 보내줄 차례였다. 언니로서 동생을 흐뭇하게 바라보며 행복해해야 마땅했다. 내가 앞으로 해야 할 말과 행동들이 마구잡이로 떠오르기 시작했다. 그리고 기하급수적으로 늘어나 마구 얽히고설켜버렸다. 얼른 말하고 행동하라며 추궁하는 듯 과부하 된 머릿속이 쾅쾅 울렸다. 그때까지 난 단 한 마디도 내뱉지 못했다. 온몸이 뻣뻣하게 굳어 웃음조차 나오지 않았다. 그 순간 동생이 내가 앉은 쪽으로 몸을 기울이며 말을 건넸다.

"언니, 이거 한 번 봐봐. 이게 내가 좀 전에 말한 그건데……."

"……"

결국 동생에게 아무 말도 해줄 수 없었다. 간신히 입꼬리를 올린 채 고개를 몇 번 끄덕였다. 당장 내가 보여줄 수 있는 최소한의 반응이었다. 창밖으로 고개를 돌렸다. 여전히 번쩍이는 조명 빛이 참 멋졌다. 갑자기 눈물이 울컥 차올랐다. 금방이라도 똑 떨어질 것처럼 두 눈 가득 그렁그렁 맺혔지만, 흘리지 않으려고 꾹 참았다. 고개를 푹 숙였다. 눈물방울 때문에 희미한 시야에 내 수수한 차림이 들어왔다. 굳이 차려입을 필요가 있냐며 드라이브 갈 때마다 대충 집어 들곤 했던 티셔츠와 바지. 특별한 것 없는 편한 옷차림이었다. 반짝반짝 빛나는 동생과 야경 사이에서 차림도, 처지도 나만 유일하게 허름했다. 결국, 참았던 눈물이 흘러내렸고, 동시에 허탈한 웃음이 나왔다.

대학만 들어가면 훌륭한 사람이 될 수 있을 줄 알았다. 그래서 큰 의미 없이 치열하기만 했던 고등학생 시절을 울며불며 견뎠다. 대학에 입학했고, 4년 후 졸업했다. 오래전부터 그려온 '대졸'의 모습은 참 멋들어졌는데, 막상 그 타이틀을 쥔 지금의 내 모습은 너덜너덜할 뿐이었다. 열심히 공부해서 올 한 해로 수험생활 끝낼 거라 유난 떤 지 얼마나 됐다고 억지 합리화 후 하루 공부 시간은 세 시간이 채 되지 못했다. 버는 돈도 없는데, 상반기 나간 강의 비용만 수십이었다.

아장아장 이십 대의 시작 지점을 나아가고 있는 동생이 미친 듯이 부러웠다. 애초에 감염병이 유행하지 않아 학교에서 전면 대면 수업을 진행했다면 모든 게 불가능했겠지. 코로나19의 대유행으로 비대면 수업이 일상화된 상황마저 동생이 꿈을 펼칠 수 있도록 온 힘을 다해 돕는 것 같았다. 한껏 삐뚤어진 시선으로 세상을 보게 됐다. 막내인 동생은 첫째이기 때문에 전부 스스로 개척해야 했던 나와 역시 달랐다. 뭘 하든 실패할 확률도 낮을 거다. 시행착오는 4년 먼저 태어난 언니가 대신 겪어줬으니 말이다. 다 가진 사람은 내가 아니라 동생이었다. 그것도 난 당분간 절대 가질 수 없을 쌍꺼풀까지.

꺼질 기미 없이 활활 타오르던 시기심은 마침내 내 모든 것을 까맣게 태워버리고 말았다. 입학하자마자 그토록 꿈꿔왔던 교내 방송국 아

나운서가 되어 공부에도, 방송국 활동에도 열중했던 내 눈부신 새내기 시절은 눈을 씻고 찾아봐도 없었다. 남 부러울 것 없이 휘황찬란했던 대학 생활이 모두 온데간데없이 사라졌다. 내게 남은 것은 바닥으로 치달아 나뒹구는 자존감뿐이었다. 자존감 빼면 시체였기에 지금껏 경험해본 적 없는 아픈 감정을 인정하기 싫었다.

결국, 받아들이지 못해 그마저도 사라져가던 바닥 난 자존감은 열등감이라는 또 하나의 불안을 낳았다. 남모를 열등감 속에서 온갖 부러움과 자책감에 하루하루 작아져만 갔다. 동생은 이런 내 열등감의 최대 피해자였다. 그리고 나는 네 살이나 더 먹어서 잘난 친동생이나 질투하는 못난 언니가 되었다. 자연히 생긴 감정을 의도적으로 어떻게 할 수는 없다지만, 이렇게 한심하고 부끄러울 수가. 최악이었다.

종종 부모님께서는 "넌 정말 조용하게 사춘기를 보낸 편이야."라고 말씀하셨다. 내가 생각해도 나는 남들보다 비교적 차분한 사춘기를 보냈다. 그 엄청나다는 사춘기가 오는 줄도 몰랐으니 더 말할 것도 없겠다. 방황에 낯설었다. 올 한 해 태어나 처음으로 찾아온 극심한 심적 방황이 마냥 힘들고 고달플 수밖에 없었다.

그래도 시간은 무심하게 흘렀다. 차츰 찬 바람이 불기 시작하더니 오지 않을 것만 같던 이번 겨울 역시 어김없이 찾아왔다. 경험 삼아 첫 시험도 치렀다. 올해 시험을 준비하며 일찌감치 마음을 비워 참 다행이었다는 생각이 들었다. 이도 저도 아니었다면 제대로 부딪혀보지도 못하고 포기해버리는 불상사가 발생하고 말았을 거다. 시험이 끝난 후 올해도 영락없이 여기저기서 재도전을 고민하는 탄식의 소리가 들려왔다. 이와 달리 나는 약간의 고민도 없이 내년에 더 열심히 준비해보겠다고 외칠 수 있었다. 올해 토끼가 아닌 거북이가 되리라 선택한 덕이었다.

최악의 인간이 되어가는 걸 몸소 느꼈을 때 내게 그 무엇보다 중요했던 건 예전의 나를 되찾는 일이었다. 하지만 올해를 보내며 잃었던 그 많은 것들을 모두 온전히 회복해낸다는 것이 현실적으로 불가능한 일이었음을 깨닫는 데는 그리 오래 걸리지 않았다. 욕심내지 않고 조금씩 바로잡아 보기로 했다. 더 이상으로 떨어질 나락은 없었다.

더욱 나은 삶을 살아야 할 여러 이유가 있었지만, 무엇보다 '나'를 위해 나아지려 노력해야 했다. 남은 인생을 최악의 인간으로 살고 싶진 않았다. 모든 것을 바로잡는 것이 이렇게나 시급한데, 참 답답하게도 순전히 나 자신을 위해 어떤 행동을 한다는 것에 굉장히 서툴렀다. 모든 게 막막했던 어느 순간, 어디서 본 건지 기억도 나지 않는 한마디가 불현듯 떠올랐다.

"직면한다고 해서 모든 것이 바뀌는 것은 아니다. 하지만 직면하기 전까지 아무것도 바뀌지 않는다."

나중에 찾아보니 미국의 소설가 '제임스 볼드윈'이 남긴 말이었다. 많은 이들에게 인생의 모토가 되어주고 있었다. 그동안 스쳐 가는 인연이었던 이 한마디는 이제 내 인생에서도 크나큰 지분을 차지하게 됐다. 결국, 서툴기 때문에 나와 마주하는 연습이 가장 먼저 필요했다. 두렵고 힘들지만, 용기 내어 맞닥뜨려야만 했다.

칭찬과 박수에 조금 더 익숙했기 때문일까. 내 치부를 잘 나누기보다 다른 이들의 치부를 잘 들어주는 사람에 속했다. 들어주고 공감하는 것에 더 많은 재능이 있다고 생각해왔다. 하지만 내가 나의 치부를 드러내지 않고 고민을 나누지 않으면, 그 치부는 영영 수면 아래로 가라앉을 수밖에 없었다. 드러내지 않는다고 사라지는 것도 아니었기 때문이다. 대화하기, 그리고 치부 나누기. 직면을 위한 첫 단계였다.

부모님께 고민을 말씀드렸다. 매번 그래왔듯 내가 덜 힘들게 살아갈 수 있는 방향을 조언받았다. 부모님은 언제나처럼 내 편이셨다. 하고 싶은 일은 무엇이든 해보길 바라셨지만, 거기엔 내가 힘들거나 아프지 않아야 한다는 전제가 필요했다. 친한 친구들에게 잔뜩 징징대보기도 했다. 그들은 날 진심으로 안아줬다. 내 이야기를 들어주려 했고, 도움을 주고 싶어 했다. 말하는 도중에 눈물이 나는 걸 지겹도록 경험했다. 한바탕 울고 나면 벅차다 못해 터져버릴 것 같은 감정이 한결 나아졌다. 뜻하지 않았는데, 그렇게 나는 울보가 되어갔다. 하지만 이 또한 성숙해지는 과정 중 일부였음이 분명했다.

매년 버킷리스트 한 편에 붙박이처럼 버티고 있었던 운동을 생전 처음 시작해보기로 했다. 그동안 굳이 힘들게 운동하지 않아도 무리 없이 일상을 살아갈 수 있었다. 운동의 필요성을 느끼지 못했기에 당연히 시도해본 적도 없었다. 그런 내가 필요성을 느끼게 됐다는 게 참 묘했다. 우울감에 빠지지 않고 나에 대해 생각할 시간이 절실히 필요했다. 혹시 운동이 그 시간을 만들어줄 수 있을까 싶었다.

오히려 병이 활성화할 수 있어 그 좋다는 운동도 과도하게 할 순 없는 상황이었다. 걷는 것만큼 가장 안전한 유산소 운동이 없단 말을 들은 적이 있었다. 동기 부여가 될까 싶어 걸음 수에 따라 캐시가 적립되는 앱을 핸드폰에 설치했다. 제대로 된 운동복조차 없어 처음에는 청바지와 남방 차림이었다. 그렇게 무작정 집 근처 대공원으로 향했다.

올 한 해 나에 대해 가만히 생각해볼 수 있었던 시간은 넘쳐흐를 만큼 많았다. 하지만 그 시간은 그저 볼품없는 나를 끝없이 나락으로 끌어내릴 뿐이었다. 별거 없는 운동으로 몸을 움직였을 뿐인데 있는 그대로의 나를 들여다볼 수 있는, 진짜 필요했던 시간이 생겼다. 이와 더불어 운동을 시작한 후 집에만 있었을 때는 전혀 보지 못했던 광경을 매일같이 보게 됐다. 매번 공원에서는 정말 많은 사람이 땀 흘리며 운동하고 있었다. 더 나은 삶의 주인은 정해져 있지 않았다. 정해져 있지 않기 때문에 모두가 그 주인이 되는 것 또한 가능했다. 세상을 살아가는 모든 사람이 더 나은 삶의 주인이 되기 위해 힘쓰고 있었다. 각자만의 방식으로 각자의 나락에서 멀어지기 위해. 그 모습은 찬란하다 못해 눈부셨다.

항상 이렇다 할 만큼 겉으로 번지르르 드러나는 결과는 없었지만, 끊임없이 최고가 되기 위해 노력하며 살아왔다. 그랬기에 스스로 올 한 해를 '인생 전반의 번 아웃'이라고 정의했다. 청소년기에 찾아오는지도 모르도록 조용히 지나갔던 사춘기는 알아주지 못한 게 서운했는지 올해 내게 다시금 찾아왔다. 나의 올 한 해는 이러한 어른 사춘기를 딛고 조금 더 성숙한 어른이 되어가는 과정이었다.

당장 빛나는 성과가 보이지 않을 순 있었다. 놀라운 것은 그런 와중에도 살아가는 매 순간이 더욱 성숙하고 멋진 삶을 살아가는 데 필요한 발판일 수밖에 없다는 것이었다. 그 순간들이 누가 봐도 아름다운 순간이라면 말할 필요 없지만, '인생은 새옹지마'라는 말처럼 우리는 좋은 일도, 안 좋은 일도 공존하는 인생을 미리 헤아릴 수 없었다. 혹여나 보잘것없이 여겨지는 순간이 오더라도 그 순간에 솔직하게 직면해 하루하루 최선을 다해 살아내는 것, 그 자체가 더 나은 인생의 주인이 되는 자격 조건이었다. 원하는 대로 흘러가지 않는다고 고개 숙일 필요가 없었다. 그 순간도 '나'라는 사람의 일부였다.

애증의 한 해를 떠나보내기 전, 또 한 번의 직면을 위해 새로운 도전을 시작하기로 했다. 내 이야기를 더 많은 사람과 나누어보려는 시도였다. 이름도, 얼굴도 모르지만 내 글을 읽을 그들 역시 내가 그러했듯 꿋꿋하게 무사히 한 해를 헤쳐왔을 테다. 그들과 서로의 한 해를 진심으로 공감하고, 서로의 용기에 박수를 보내고 싶었다. 누구에게도 무의미한 시간은 없다. 이 사실을 너무나 잘 알고 있는 만큼 직면하는 것도 더는 두렵지 않았다.

며칠을 고민하다 이끌리듯 방으로 달려가 책상 앞에 앉았다. 곧바로 노트북을 펼쳤다. 아직 모든 게 불확실한 내 글에 제목이 먼저 생겼다.

나는 쌍꺼풀 빼고 다 가진 사람이다.
지금껏 그래왔듯 여전히 그러하며, 앞으로도 변함없을 것이다.

내려놓는 연습

김국화

김국화   어르신들이 행복하면 덩달아 마음이 따뜻해짐을 느끼는 사회복지사

일을 하면서 겪는 에피소드 들이 많이 있다.

사람들 만나는 것을 좋아하고 일상이야기 하는 것을 좋아한다. 스트레
스를 푸는방법은 넷플릭스로 영화보는 것을 좋아한다. 꿈은 그릇이 큰
사람이 되는 것.

instagram: @angela_kukhwa

시작

나는 유리 멘탈을 가진 사람이다. 다른 말로 감정이 풍부한 사람이라고 할 수도 있겠다. 감정이 여려서 상처를 잘 받고 단단하지 못했다. 사회복지사로 일하면서 많은 사람과 갈등을 겪었다. 그런데도 내가 사회복지사를 하는 이유는 다른 이들에게 도움이 되어 그들이 행복감을 느낄 때 나의 마음이 따뜻해지기 때문이다.

현재 내가 하는 일은 노인맞춤돌봄서비스를 전담사회복지사이다. 노인맞춤돌봄서비스는 65세 이상의 독거 어르신들을 대상으로 하는 사업이다. 어르신들의 셀프 케어 관점에서 생활지원사가 일주일에 한두 번 방문하여 안부 확인 및 안전확인 서비스를 제공하는 사업이다. 노인맞춤돌봄서비스에는 어르신의 전반적인 사항을 고려해서 일반돌봄군과 중점돌봄군으로 나누어진다. 일반돌봄군은 안전확인 및 말벗서비스르 진행하며 중점돌봄군은 신체적인 어려움으로 일상생활 지원이 필요하여 가사지원서비스가 포함이 된다. 그동안 나는 어르신들을 대상으로 하는 사회복지일을 해왔지만 노인맞춤돌봄을 담당하면서 겪었던 일을 적어보고자 한다.

나의 일상에 대하여

날씨가 따뜻한 어느 날, 커튼 사이에 햇살이 비춰 들어왔다. 알람이 울렸다. 지난밤, 아침에 힘들게 일어나는 것이 싫어서 내가 좋아하는 노래로 알람을 설정했다. 그래서 상쾌하게 일어날 줄 알았지만 그렇지 못했다. 오히려 좋아하던 노랫소리가 나의 단잠을 방해했다는 것에 짜증이 솟구쳤다. 이후 들려오던 두 번째로 들리던 맑고 경쾌하던 알람은 나를 조롱하듯 우렁찼다. 알람을 끄고 조금이라도 더 자기위해 이불 속안에 숨어들었다. 출근하기가 싫었다. 오늘은 어떤 민원이 나를 기다리고 있을까 생각이 들어서 걱정이 되었다.

출근하고 책상에 앉았다.

전 직원들이 아침마다 청소를 시작한다. 각자 맡은 구역을 청소하는데 내가 담당한 곳은 복지관 내 프로그램 실이다. 프로그램 실 에서는 어르신을 대상으로 한글 공부 교실을 하고 있다. 청소하면서 프로그램 실 곳곳에 수업의 흔적들이 남아 있었다. 책상과 의자 주변에 떨어져 있는 지우개 가루와 연필 찌꺼기 들을 보면서 어르신들의 공부에 대한 열정이 느껴지는 듯 했다. 교실을 다 청소하고 쓰레기 분리수거를 시작했다. 한숨이 나왔다. 일반 쓰레기가 종이 분리수거함에 넣어져 있었다. 하나씩 꺼내어 분리수거를 하는데 짜증이 몰려왔다.

청소를 마치고 사무실로 들어가 조회준비를 시작했다. 코로나 19로 인해 대면이 어려워지면서 온라인으로 하는 일들이 많아졌다. 온라인을 통해 주간 일정을 안내하고 공지를 한다. 처음 온라인조회를 시작할 때는 어색했다. 나 혼자서 떠드는 거 같았다. 화면을 켜지 않는 분도 있었다. 비록 온라인이지만 소통하는 시간을 가지고자 특별한 사항이 없으면 화면을 켜달라고 하였다. 그 후 지금까지 소통이 잘 되었는지는 잘 모르겠다. 적어도 나 혼자 떠들고 있다는 생각은 덜 하였다. 보통 나의 일상 업무는 조회를 마치고 나면 생활지원사 선생님들의 업무 계획관리와 시간 조정을 한다, 그리고 나서 신규대상자 상담 및 모니터링을 진행한다. 요즘은 독거 어르신들을 대상으로 안전확인을 위해 IOT라는 기기를 사용한다. 어르신 댁에 설치하면 움직임을 센서가 감지하는 방식이다. 움직임외 온도와 습도도 알 수가 있다. 평소 연락이 잘 안 되시는 분이거나 장애가 있거나 거동이 불편하거나 고령이신 독거 어르신들을 대상으로 설치를 권고하고 있다. 고독사가 늘고 있는 사회이기에 독거어르신들의 안전관리에 주의가 필요한 시점이다. 지난 2021년 겨울, 뉴스에서 혼자 살고 있는 70대 노인이 화장실에 갇혀서 일주일 동안 나오지 못하고 수돗물로 식수를 해결한 사례가 나왔다. 그 외에도 코로나 블루로 우울감이 높아지면서 자살률도 높은 상황이다. 실제로 복지관에서 서비스를 받는 당사자 중 자살한 사례도 있었다. 그래서 복지관에서는 자살 예방사업을 진행하여 우울감이 높으신 어르신들을 대상으로 프로그램을 진행하고 있다.

일하면서 힘든 적도 많았다. 첫 번째로 어르신들의 민원이었다,

어느 날 한 어르신께서 본인이 받는 서비스는 자신과 맞지 않는 서비스라고 유선으로 민원을 넣은 적이 있었다.

노인'맞춤'이라면서 왜 본인에게 맞추어 주지 않느냐는 이유였다.

그 어르신은 안전확인은 필요하지 않다고 했다. 자신에게 안전확인이란 그저 본인이 오늘 하루도 숨을 잘 쉬고 있는지 죽었는지 알아보기 위함일 뿐이라며 책상을 탁탁 치며 역정을 내었다. 그 어르신께 사업의 지침에 대해 설명해 드렸으나 그는 이해하지 못하였다. 수화기 너머로 소리를 지를 뿐이었다. 이러한 민원이 들어올 때 나는 감정의 쓰레기통이 되는 거 같았다. 나에게 소리치지 말라고 하고 싶었다. 심장이 벌렁거리고 눈물이 나올 것만 같았다. 그렇지만 내가 나약해진 모습을 그에게 보이고 싶지 않았다. 그는 더 이상의 할 이야기 없다며 서비스 중단을 요청했고 전화를 끊었다. 그럼 처음부터 좋게 말해도 되는 것 아닌가? 하는 생각이 들면서 헛웃음이 나왔다. 긴장감이 풀어지면서 스트레스로 머리가 지끈 아파졌다. 입은 꾹 다물었고 차오르는 눈물들이 떨어지지 않도록 눈에 힘을 주고 있었지만 내 몸은 생각처럼 되지 않았다. 직장동료가 휴지를 갖다주며 위로를 해 주었지만, 창피함에 차마 고개를 들 수가 없었다. 내가 사회초년생도 아니고 경력이 5년이 넘는데 단단하지 못함 마음에 숨고 싶었다.

어르신들과만 갈등만 있기만 한 것은 아니다. 함께 일하는 선생님들로부터 상처를 받을 때도 있다. 생활지원사간의 갈등사항이 생긴 적이 있었는데 지난 여름 폭염 특보가 발효된 날이었다. 생활지원사 선생님들은 각 담당하고 있는 어르신 모두에게 안전확인을 해야만 한다. 그 과정에서 선임 생활지원사가 자신이 담당하는 조별로 안전확인을 취합하여 사회복지사에게 보고하는 형태이다, 그런데 선임이 취합하는 과정에서 A 선생님과 충돌이 생긴 것이다. 선임이 A에게 쌓여온 불만들이 물풍선이 터지는 것과 같았다. 생활지원사는 복지관에 상근하는 업무가 아니기에 당사자 가정에 가서 생활을 지원해주고 말벗 서비스를 진행한다.

간간히 들려오는 소리로는 어르신 댁에 가다가 A를 만날 때면 인사도 서로 하지 않는다고 한다. 심지어 선임생활지원사는 그 생활지원사에 대해서 어르신 댁에 방문하여 일을 잘하고 있는지 의심스럽다고 했다.

선임은 생활지원사들의 어르신 안전확인을 취합하여 사회복지사에게 보고해야 했다. 그런데 한 명이라도 취합이 되지 않으면 보고가 늦어지니 발을 동동 구르고 있었다. 선임은 자신이 맡은 조원들에게 2시까지 취합하여 보고해달라고 요청했다. 그런데 A만 연락이 되지 않아 개인적으로 연락을 했다고 한다. 그런데 A가 조원들이 다 같이 있는 단톡방에 화를 내고 욕을 했다는 것이다. 나는 이러한 상황이 일어난지 몰랐길래 선임에게 보고할 시간이 늦어졌음을 안내했다.

선임 생활지원선생님이 나에게 전화를 걸었다. 그녀의 떨리는 목소

리에 무슨 일이 있었다는 것을 짐작할 수 있었다. 그녀가 입을 떼고 말하였다

"복지사님, 저 A 선생님 때문에 선임 못 하겠어요" 라며 조심스럽게 말을 하였다.

나는 깜짝 놀라서 물었다.

" 이유가 무엇이죠?" 궁금했다.

선임은 다른 생활지원사 선생님들로부터 열심히 어르신을 잘 모신다는 칭찬이 자자했던 분 이였기 때문이다. 그런 그녀가 못하겠다고 말할 줄 생각을 못 했다. 평소에 그녀는 같은 조원인 동료들에게 격려와 지지를 아끼지 않았다. 동료들을 포용할 줄 알았으며 요양원에서 일했던 경력이 있었고 어르신들로부터도 칭찬이 자자했던 그녀였으며 그만큼 일을 잘 소화할 선임은 없다고 생각했다. 그리고 일을 하면서 고민이 많았던 나의 짐을 덜어주었기 때문에 나에겐 고마운 그녀였다. 그런 그녀에게 A 선생님과의 충돌은 생각하지 못한 변수였다. 그녀는 수화기 너머로 고민하는 듯 머뭇거렸으나 이내 말을 하였다 "폭염 일일 안전확인을 취합하는 과정에서 A 선생님만 주지 않아서 개인적으로 연락을 했다. 그런데 단체 카카오톡에 이야기 하면 되지 왜 개인적으로 말을 하느냐고 화를 내더라고요" 라고 했다. 처음엔 나도 이해가 되지 않았다. 화를 내는 포인트가 어떤 부분인지 잘 모르겠다고 생각했다 그녀가 이어서 말을 하였다. 개인적으로 왜 연락하냐고 화를 내고는 A가 다른 선생님들이 다 같이 있는 소통방에 공개적으로 본인을 저격하는 글을 올렸다는 것이다. 그 내용을 화면을 캡처하여 내

핸드폰으로 전송하여 보게 되었다. 나는 그 내용을 보고 깜짝 놀랐다. 그 내용에는 단체톡방에 '선임이면 선임답게 행동하시오'라고 쓰여 있었다. 그 방안에 함께 있던 다른 동료들은 아무런 반응도 없이 지켜볼 뿐이었다. 나는 이러한 상황에서 사건을 해결해야 했다. 도대체 이게 무슨 일인가 싶었다. 선임은 오해가 있는 거 같아 그 동료에게 전화를 걸었다고 했다. 그런데 수화기 너머로 들려오던 건 욕이었다고 했다. 자신이 왜 이런 욕까지 들어가며 함께 일을 해야 하는 건지 황당했고 심장이 쿵쾅거렸다고 했다. 입술이 파르르 떨려서 아무런 말이 나오지 않았다는 것이다. 그래서 고민을 하다가 선임이라는 자리에서 내려오겠다고 내게 연락을 취한 것이었다. 선임은 나에게 그 선생님이 무섭다며 꺼렸다. 그리고 그 선생님에게 자신이 한 이야기에 대해 함구해주기를 원하였다. 그렇지만 욕을 한 것에 대한 사과는 받아야겠다며 도움을 요청했고 선임이 나에게 말을 하지 않았다는 것을 A에게 알리지 않고 어떻게 사실관계를 파악해야 하는 건지 어려웠다. 도망치고 싶었다. 고래 싸움에 새우등이 터지는 거 같았다. 그 둘 사이에 개입하지 않고 모르는 척 돌아서고 싶었다. 그런데도 중재를 해야만 하는 이유는 생활지원사를 관리하는 것이 내 역할이기 때문이다. 선임이 나에게 한 이야기에 대해 A에게 확인할 수 밖에 없다고 생각했다. 그래서 선임에게 사과를 받고 싶으시면 내가 어떻게 알게 되었는지에 대해 이야기를 꺼낼 수밖에 없다고 말씀을 드렸다. 그녀는 머뭇거리더니 알겠다고 대답하였다.

선임과의 통화를 마치고 A에게 전화를 걸었다. 선임도 일을 잘하고

있는지 의심스럽다고 했기때문인지 A는 업무에서도 기한을 맞추는 날
이 열 손가락에 꼽을 정도였다. 그래서 나도 뭔가 합리적인 의구심이
들 수밖에 없었다. 어르신들의 민원도 A가 담당하는 분들이 대부분이
었다.

　전화를 먼저 걸었음에도 받지 않았으면 하는 마음과 해결은 해야 하
는 마음이 서로 만나 충돌하는 거 같았다. 어쩌면 나도 약간의 두려움
이 있었던 걸까.

　신호음이 길게 울리더니 전화를 받았다. 어떻게 시작을 하면 좋을
지 생각을 하고 통화버튼을 누른 것임에도 미로 안에 갇힌 느낌이었
다. A는 평소와 같이 퉁명스럽게 "네, 복지사님 말씀하세요"라고 말하
며 내가 무슨 말을 할건지 기다리는 듯했다.

　나는 조심스럽게 입을 뗐다. "선생님, 선임으로부터 이야기를 들었
는데 선임에게 욕을 하셨나요?"라고 질문을 했다. 단도직입적으로 물
어야 사실관계를 파악할 수 있다. A는 잠시 뜸을 들이는가 싶더니 어
이가 없다는 듯이 화를 내기 시작했다.

　"복지사님, 저는 욕한 적 없어요"

　이 말을 듣는 순간 황당했다. 통화가 길어질 거 같다는 느낌을 받
았다.

　"선임은 선생님께서 욕을 미친X야 라고 하셨다고 들었어요. 같은
동료에게 불쾌하게 하였다면 사과를 해야 하는 게 맞는 거 같아요"라
고 침착하게 말하려고 노력했다.

　그러나 A는 나에게 따지기 시작했다. "복지사님 말은 나보고 사과

를 하라는 거에요? 나는 사과할 이유가 없어요. 단체톡에 말하면 될 일을 나도 바쁜 사람인데 개인적으로 연락하는 건 뭐야" 이러면서 대응을 하는 것이다. 약간의 개입만 하고 말 일이었는데 나도 점점 화가 나기 시작했다. 대화가 통하지 않는다고 생각했다. 침착하게 말하려고 했는데 그러지 못했다. 점점 말에 힘이 들어갔다. 감정조절에 실패한 것이다. 내 말을 들으려고 하지 않고 그는 자신의 입장만 이야기했다. 나는 그런 태도에 이성의 끈 끝자락에서 놓기 직전이었다. 나는 A에게 선임은 자신의 역할을 한 것이라고 했다. 취합하기 위해서 연락을 할 수밖에 없었으니까 말이다. 그리고 개인적으로 연락을 하면 안 되는 이유가 있냐고 물었다,

A는 답을 하지 않았고 자신도 불쾌하다고 말할 뿐이었다. 오히려 내게 선임 편을 드는 거냐고 한껏 격양된 목소리로 자신의 감정을 드러냈다.

"선생님, 저는 선임의 편을 드는 것이 아니라 선생님의 입장도 이해해보려고 하는 거에요"라고 입으로 내뱉고 있지만 사실 이해가 되지 않았다. 전화 통화만 2시간이 지나가고 있었다. 내 몸은 점점 떨려왔다. 해야 할 업무도 많은데 나를 놓아주지 않는 것에 화가 났다. 대화가 통하지 않아 답답했고 분노를 감당하기 어려워 눈물이 날 거 같았다. 목소리도 점점 격양되었다. 조용한 사무실에 나의 목소리가 울려 퍼져 모두가 듣고 있는 거 같았다. 눈치가 보였고 침착하려고 노력했지만, 나의 떨리는 목소리를 숨길 수 없었다. A는 끝까지 사과할 생각이 없다고 말하였고 나는 설득에 실패했다. A는 복지사님과도 말이 안

통한다며 전화를 끊었다. 온몸에 기운이 나지 않았고 미세먼지 가득한 방안에 갇힌 것처럼 답답했다. 수화기를 내려놓고 고개를 숙인 채 참았던 눈물이 뚝뚝 떨어졌다. 사무실의 동료직원들이 모두 나를 바라보고 있는 거 같았다. 시선이 따가웠다. 무거운 공기들이 나를 감싸 안았다. 옆자리에 앉아있던 동료직원이 무슨 일이냐며 물었다. 상사도 통화내용을 들었던 것인지 나에게 고생했다고 했다. 내가 왜 이렇게 욕을 먹어야 하는지 분노가 쉽게 가라앉지 않았다. 선생님 두 분 사이에 개입하여 해결하려 했을 뿐인데 나는 쓰레기통이었고 타인의 감정 쓰레기를 받아먹는 하루가 되었다. 그날 퇴근하는 길은 해결되지 않는 짐 덩어리들을 어깨에 한가득 메고 터덜터덜 집을 향했다.

그동안 일을 하면서 힘들 때면 퇴근하고 나서는 생각을 하지 않으려고 노력했다. 스트레스를 그대로 집으로 데려가고 싶지 않았다. 집은 나에게 쉬는 곳이였고 나의 예민함을 내려놓을수 있는 곳이였다. 그런데 그날은 집에 가서도 계속 생각이 났다. 내일 출근을 하면 어떻게 해결해야 할지 머리가 아파졌다. 아무것도 하고 싶지 않았다. 그날은 고민만 하다가 잠이 들었다,

다음날, 하루의 시작은 똑같았다.

두 생활지원사 선생님들의 갈등 사항은 관부장님께 보고가 되었고 사건의 전말에 대해 상담 기록지를 작성하라는 피드백이 내려왔다. 그리고 같은 동료로서 욕을 하고 불쾌하게 한 점은 사실이니 사과하는 방향으로 마무리하는 거로 결론을 내렸다고 한다. 그러나 A가 사과할

의향이 없으니 기관으로 불러서 대면을 요청하라고 하였다. 사회복지
사가 작성한 상담 기록지를 읽게 하여 사과를 해야 하는 이유를 설명
하고 사유서를 받으라고 했다. A에게 이 상황에 대해 다시 설명해야
하는건 나의 몫이었다. 사건전말에 대한 기록지를 쓰다 보니 생각할수
록 이해가 되지 않았다.

이 상황에 대하여 계속 신경을 쓰다 보니 예민해지고 업무에 집중이
되지 않았다. A에게 전화를 걸었다. 내가 전화를 건 시간은 선생님 근
무가 끝나는 시간 즈음이었다.

"선생님, 통화 가능하세요?"

"네"

예민해진 나에 비해서 A는 아무렇지 않은 듯했다. 여전히 같은 목소
리 톤으로 전화를 받았다. 나는 통화로 말하면 대화가 잘 안 될 거 같
았다. 그래서 용건만 말을 했다.

"내일 사무실로 오세요. 드릴 말씀이 있어요"

A는 바로 전화로 이야기를 해달라고 요청했다. 자신이 왜 사무실까
지 가야 하는지 의아해하는거 같았다.

"선생님께서 선임에게 사과를 못 한다고한 건 알겠고 단톡방에 전
체가 보는 자리에서 저격을 한 것에 대해서는 사과를 해야 합니다"

감정을 넣지 않고 최대한 덤덤하게 말하려고 노력했다. A는 우선 복
지사님이 오라고 했으니 알겠다고 했다. 그렇지만 떨떠름한 반응이 나
를 더 예민하게 만들었다.

선생님을 만나기로 한 당일, 걱정이 됐다. 평소에도 업무 기한을 지키지 않았고 나를 힘들게 했다, 그런데 이번 사건을 계기로 평판이 좋지 않고 신뢰는 점점 떨어졌다. 업무는 못 할 수 있어도 동료들과의 사이가 좋지 않은 것은 문제라고 생각하는 처지기 때문이다. 선임이 맡고 있는 조원들도 A와 가까이하기를 꺼렸다. A는 업무가 끝나고 사무실을 찾아왔다, 그는 사무실에 올 때마다 항상 모자를 착용했다. 그날도 벙거지모자를 쓰고 가벼운 외투를 걸치고 미간 사이에는 인상을 찌푸리고 있었다. 사무실로 억지로 온 듯한 공기를 내뿜었다. 나는 반갑진 않았지만 감정을 드러내지 않으려고 애서 밝은척하며 인사를 건넸다. 그는 내 인사를 건성으로 받아들이더니 어디로 가면 되냐고 물었다. 상담실로 안내하고 과장님과 함께 자리에 앉았다. 코로나 19로 설치해뒀던 투명한 가림막을 사이로 적막감이 흘렀다.

과장님은 내가 작성한 기록지를 A에게 건넸고 읽어보라고 했다. 글을 읽고 틀린 부분이 있거나 불만 사항이 있으면 이야기하라는 말도 덧붙였다. 나는 글을 읽고 있는 A를 바라보았다, 그는 시력이 안 좋은지 종이를 눈에 가까이 가져가더니 실눈을 뜨며 천천히 읽었다. 상담실 안은 무거운 공기들이 떠다녔다. 그는 종이를 책상에 내려놓고 종이에 손가락을 대면서 말하였다.

" 여기 이 종이에 내가 욕한 내용이 있는데 나는 욕은 안 했어요"

라며 과장님과 나를 번갈아 보며 항변했다.

과장님은 우선 알겠다고 했다. 욕을 한 것에 대해 더 이야기는 하지 않겠다고 하는 것이다. 그렇지만 다 같이 있는 소통하는 공간에 선

임을 저격한 것에 대해서는 인정하냐고 물었다. 그는 인정한다고 했
다. 그러자 과장님은 업무 기한이 늦어진 것에 대하여 사유서를 작성
하라고 안내했다. 덧붙여서 동료들에게 사과해야 한다는 말도 함께 전
했다.

A는 알겠다고 했다. 탐탁지 않은 표정이었다. 그렇지만 여기는 회
사고 사회생활이기에 어쩔 수 없이 받아들이는 거 같았다. 과장님은
이야기를 마치고 사무실로 돌아갔고 나는 어안이 벙벙했다. '이렇게
쉽게 끝난다고?'라는 생각과 함께 과장님이 해결사인 거 같았다. 한편
으로는 A가 나를 무시하는 건가 생각도 들었다. 생활지원사 선생님들
은 보통 연령이 40대부터 60대까지 다양하다. 이제 갓 30대에 접어든
나를 보는 시선이 딸처럼 느껴질 수도 있을 거라 생각은 했다.

'그래, 아무래도 나보다 상사의 힘이 더 세니까'라고 생각은 하지만
그동안 내가 쏟는 감정과 시간들을 생각하면 화가 났다. 그는 내가 내
민 사유서에 두줄정도의 글을 작성하고 나에게 주었다.

그 내용에는 업무 기한이 늦어져서 죄송하다고 쓰여 있었다. 나는 A
에게 바로 소통 방을 열어서 모두에게 사과하라고 말했다. 그는 바로
그 자리에서 핸드폰을 꺼냈다. 그리고 소통방을 열더니 지난번 분위기
를 안 좋게 한점 죄송하다고 글을 올리는 것을 확인했다. A가 나에게
말했다.

"제가 화가 났던 건 복지사님이 있는 소통 방에 공지를 해도 되는데
방을 따로 만든 게 맘에 안 들었어"

라며 불만을 드러냈다. 생활지원사들 입장에서 전담사회복지사가

상사이기 때문에 불편함이 있을 수 있다. 그래서 선임은 개인적으로 소통 방을 만들어서 공지하고 그랬다. A는 단톡방만 많아진다고 싫었나 보다. 사회복지사가 함께 있었다면 애초에 이런 갈등은 일어나지 않았겠다 라는 생각도 들었다. 나는 A에게 업무 기한을 잘 맞춰달라고 요청했다. A는 알았다고 하며 사무실을 나섰다. 그의 뒷모습을 바라보면서 한시름 놓았다. 이후 선임에게 내가 개입한 부분에 관해 설명하고 상황을 마무리했다. 선임에게 앞으로 이런 갈등 사항이 생기거나 힘든 일이 있으면 언제든 말해달라고 했고 선임도 계속 맡아 달라고 부탁했다. 그녀도 알겠다고 했다.

변화가 필요할 때

사회복지사 일을 하면서 어르신 및 생활지원사와의 민원 등으로 이런 일들이 비일비재하여 스트레스 받는 일들이 많이 생긴다. 스트레스는 퇴근 이후에도 계속되어 예민함은 계속 커지고 주변인들에게 신경질적으로 대한 적도 많이 있었다. 별것도 아닌 일에 화를 내고 스스로 감정을 통제하기 어려운 날도 많았다. 그러다 보니 나의 예민함을 내려놓는 연습이 필요했다.

업무를 하는 데 있어서 생활지원사들을 배려를 해주려고 하는데 오히려 상대방은 나에게 배려해주지 않을 때 서운함이 크게 든다. 가령 어르신이 생활지원사가 맘에 들지 않아서 변경을 요청한 적이 있었다. 생활지원사는 사회복지사의 중재 역할에 크게 기대를 한다. 중간에 개입해서 어르신이 본인을 힘들게 하지 않게 해달라는 것이다. 그러면 나는 어르신이 느끼는 불합리함에 대하여 이야기를 듣고 있어야 했다. 그리고 나서 생활지원사가 느끼는 어려움에 대해서도 듣게 된다. 대부분은 생활지원사의 업무범위에 불만을 가지는 어르신들이 많다. 신체적 기능 저하로 일상생활 지원이 필요한 중점돌봄군 어르신들은 생활지원사가 약간의 가사 지원 서비스를 제공한다. 그 약간의 가사지원이라는 것이 어르신이 사용하는 범위로 한정된다. 그러나 어르신들은 야박하게 한 곳만 청소해준다며 불만을 드러낸다. 그러면 나는 그런 날에도 양쪽의 입장을 듣고 상담 기록지를 작성한다. 그리고 업무를 조정하여 협의하도록 중재한다. 지침에 대해 다시 설명한다. 이 과정이 꽤 힘들다. 이렇듯 중재 역할을 하는 일이 많았고 산을 넘으면 또 고개가 나왔다. 양쪽을 다 배려를 해주려다 보니 어려움이 많았고 상사로부터 너는 너무 착하다, 사회생활은 착하기만 하면 안 된다는 말까지 들은 적도 있다. '뭐 이런 것도 다 경험이 되겠지' 라고 생각하며 긍정적으로 생각하기로 했다. 그렇지만 내가 배운 것은 원칙적으로 업무를 하면 된다는 것을 알았다. 흔들리지 않는 일관성도 내겐 필요하다.

나는 오늘도 내려놓는 연습을 한다. 감정에 치우치지 않고 원리원칙대로 하려고 노력한다.

생각은 계속하면 해결이 될 수도 있지만, 생각으로 인해 스트레스가 쌓이기만 하는 날도 생긴다. 나는 출근을 하고 업무를 할 때만 생각

을 하고 퇴근을 하면 오늘 하루 나 자신에게 수고했다고 말을 하기로
했다. 그리고 집에 들어가면 그날의 걱정은 내려놓는 거로!

들숨에 자유를

박정인

박정인   어른이 될수록 통제하는 삶에 익숙해진다. 그럼에도 자유롭게 살고 싶은
         사람이다. 나는 먹는 것, 경험하는 것은 아끼지 않는다. 그런 나는 '불씨'
         이다. 좋은 불쏘시개를 만나면 열정이 활활 불타지만, 쉽게 꺼지기도 한
         다. 21살 나에게 불쏘시개는 미국 여행이었다. 나는 갈망하는 '자유'를 찾
         아 충동적으로 미국으로 떠났고, 우연이 쌓여 도착한 세상의 끝에서 들
         이마셨던 숨은 '자유' 그 자체였다.

숨 막혔다. 눈앞에 나의 일상이, 눈앞의 멋진 풍경이

똑같은 단어였다.
'숨 막히다'라는 단어를 두고 이렇게 다른 생각을 할 수 있다니!

촌이라면 촌에서 살았던 어린 시절 나에게 미국은 그저 먼 성공의
나라, 내가 잘 모르는 언어로 가득한 미지의 세계였다. 시간이 지나 어
른이 되면 나도 그곳에서 무언가를 찾아 빛나는 사람이 될 거라는 막
연한 꿈을 가지고 대학에 진학했다. 시간이 지날수록 이상하게 꿈은
점차 작아졌고, '현실'이라는 단어가 커지게 되었다. 그 단어가 커지면
커질수록 가슴 속 어딘가 항상 답답했고, 쳇바퀴 같은 일상에 숨이 막
혀왔다. 이런 나의 일상에 돌이라도 던지고 싶던 찰나였다.
"아… 미국 여행가고 싶다."
친한 친구가 멍한 표정으로 작게 중얼거렸다. 그녀는 아무 생각 없
이 던진 말일 지도 모르지만, 그 말을 듣는 순간 가슴 한 구석이 빠르

게 뜨거워졌다. 동시에 '인턴'이라는 영화에서 성공한 앤 해서웨이와 그녀에게 대입한 나의 모습이 떠올랐다. 미국에서 아침 일찍 일어나 이웃과 눈 마주치며 조깅을 하고, 집에 돌아와 샤워를 한다. 아침으로 햄, 치즈, 계란 토스트를 먹고, 얼그레이 티를 마신다. 출근 준비를 마치고 현관문을 열면 개인 비서가 차를 열어준다. 회사에 도착하기 전까지 차 안에서 지난 밤 올라온 보고서들을 검토한다. 회사에서는 모두에게 능력 있고, 함께 있으면 에너지가 넘치는 좋은 사람으로 기억되고, 사회에서 인지도 높은 유명 인사가 된다. 오후에는 미슐랭 레스토랑에서 사랑하는 사람들과 함께 촛불이 가득한 식탁에서 비싼 스테이크를 먹고, 100년된 고급 와인 한잔을 마신다. 집에 돌아와 반신욕을 마치고 포근한 침대 속에서 자는 모습을 상상하며 나는 말했다.

"진짜 미국 가볼까?"

처음에 친구는 장난처럼 말을 들었다. 이윽고, 그녀는 나의 불타는 두 눈을 보며 두 번 세 번 물었다. 10분 후, 끊임없는 설득으로 그녀의 오케이 사인을 받았고, 동시에 나의 일상에 큰 돌을 던지게 되었다.

일단 미국에 가기 위해서는 큰 돈이 필요했다. 당시 학생이었던 나는 돈을 마련하기 위해 부모님을 설득했고, 대략 350만원 정도의 자금을 지원받게 되었다. 우리는 한정된 예산으로 인해 직항이 아닌 홍콩에서 경유를 하는 저렴한 비행기 표를 예약했다. 이후 LA에서 라스베가스로 향하는 여행 루트를 계획했고, 루트에 맞춰 숙소를 예약하게 되었다. 여행을 떠나기 3일전 캐리어에 무엇을 담아야 하나 행복한 고민을 하며, 마스크팩, 액세서리, 다양한 옷, 화장품, 충전기, 고데기 등

이것저것을 챙기다 보니 엄청 나게 커진 캐리어를 발견했다. 첫 자유 여행에 대한 두려움과 그토록 원했던 '자유'를 경험한다는 설렘이 줄다리기를 하던 떠나기 전날 밤, 나는 우연에 우연에 우연이 쌓여 평생 잊지 못할 '자유'를 만끽할 줄 알았을까?

24시간 노숙 사건

공항에 도착해 여행 수속을 다 밟고 난 후, 우리는 마지막으로 어떤 한식을 먹을지에 대하여 심각하게 고민을 하였다. 고민 끝에 김치찌개를 골랐고, 마지막 한국 음식이라 여기고 되새김질하며 먹었다. 밥을 다 먹고, 면세점에 들어왔을 때 우리는 수많은 인파와 상점, 명품들로 번쩍거리는 그곳을 보고 넋이 나갔었다. 면세점에 오면 싸게 물건을 살 수 있다는 생각에 열심히 주변을 돌아보던 중 평소에 관심 없었던 선글라스 코너에 들어가게 되었다. 나는 안경을 쓰기에 평소 선글라스를 잘 쓰지 않는데, 여행을 간다는 설렘 때문일까? 수많은 색깔의 선글라스들을 썼다 벗었다 반복했다. 그 중에 내 마음 속에 꽂힌 핑크색 선글라스를 구매하게 되었다. 매장 직원이 핑크색은 일상에서 쓰기 어렵다고 검정 제품을 3번이나 추천해 줬으나, 굳은 의지로 한눈에 반한 핑크색 선글라스를 구매하게 되었다. 쇼핑백을 들고 웃으며 매장을 나와, 후들거리는 다리를 이끌고 눈 앞에 보이는 자리에 앉았다. 자리에 앉아 핑크색 선글라스를 낀 모습을 담으려 셀카를 수없이 찍어 댔었다. 대략 10분 정도 지났을까? 핑크색이 너무 과감한 것 같다는 생각이 들었다. 충동적인 지출로 후회하고 있던 순간, 탑승 수속을 밟으라는 안내 방송이 공항에 울려 퍼졌다. 선글라스 케이스에 선글라스를 서둘러 넣고, 늦지도 않았는데 혹시 놓칠까 게이트로 헐레벌떡 뛰어갔다. 이미 게이트 앞은 사람들이 지렁이처럼 길게 줄을 서 있었고, 간혹 가다 외국인을 발견하기도 했다. 하나 같이 사람들 얼굴에는 설렘이 가득했고, '이렇게 여행을 떠나는 사람들이 세상에 많구나' 라는 생각을 하게 되었다.

  곧이어 긴 통로를 지나 비행기에 입성했다. 밖에서 보았을 때는 작아 보였던 비행기에 그 많은 사람들이 빼곡히 앉아 있는 모습을 보고 긴 여행이 쉽지 않겠다는 생각이 들었고, 동시에 긴장감이 내 몸을 감쌌다. 그렇게 우리의 설렘을 담은 비행기는 첫 경유지인 홍콩으로 출발하게 되었다.

  대학생이 되고, 나는 자주 원인모를 답답함을 느껴 병원에 가보았다. 의사는 정신 병원에 가보라 말했고, 정신 병원에 갔을 때 의사는 '공황장애' 라는 마음의 병이 생겼다고 말했다. 장애라는 단어가 주는 어감 때문인지, '정말 큰일났구나' 라는 생각이 한동안 머리 속을 지배했다. 여행을 떠나기 전 가장 두려웠던 점이 폐쇄된 공간 안에서 14시간 비행을 견딜 수 있을지에 대한 두려움이었다. '정말 여행을 포기해야 하나' 하염없이 걱정을 하다가 여행을 포기할 수 없으니 그나마 비행 시간을 버틸 수 있도록 식빵 모양의 애착 인형을 가져가자는 결론을 내렸다. 여행 출발 전 캐리어를 싸다가 '부피가 매우 컸던 식빵 인형을 어떻게 해야 할까' 라는 걱정이 생겼었다. 여러 방면으로 고민을 하다가 끝에 내내 들고 다니자는 무식한 결론을 내리게 되었다. 나는 비행기를 타자마자 식빵 인형을 꼭 끌어안았고, 잘 할 수 있으리라 마음을 다잡았다.

비행기는 긴 활주로를 천천히 돌다가 하늘을 향해 이륙했다. 빠르게 활주로를 달리는 동안 느껴지는 약간의 불쾌감을 거치자 비행기가 활주로에서 둥실 떠올랐고, 그때서야 내가 미국에 간다는 사실이 크게 실감났다. 활주로에서 도시로, 도시 위에 구름을 지나 바라본 창 밖에 태양은 너무나도 뜨겁고, 아름답게 느껴졌다. 3시간 후, 긴 비행 시간을 버티기 위해 가져간 작은 캠퍼스를 그림으로 가득 채우고, 공항에서 산 『미국 여행에 필수인 100 문장』 책도 다 읽을 무렵 '답답하다'는 감정이 마음속 깊은 곳에서 기어올라왔다. 거의 직각으로 앉아 장시간 가만히 있다 보니 비행기 벽이 사방에서 다가오는 느낌을 받았다. 시간이 지날수록, 만약 저 벽이 내 몸 가까이 다가온다면 기절할지도 모른다는 생각을 하게 되었다. 식은땀을 흘리고 얼마 지나지 않아, 기내식을 먹는 시간이 찾아왔다. 겨우 한숨을 돌리고 난 후 창 밖을 바라보았을 때 칠흑 같은 밤이 찾아와 있었다. 그때, 비행기 승무원은 자유 의지가 없는 죄수를 다루듯 기내의 불을 소등했고, 겨우 잦아들었던 나의 불안 증상은 걷잡을 수 없이 커져만 갔다.

마음 속에서는 옆에 있는 창문을 깨고, 뛰어내려 새처럼 자유로움을
만끽하고 싶다는 생각이 나를 뒤덮었다. 나는 식빵 인형을 꼭 끌어안
고, 너무 힘들다는 눈빛으로 옆자리에 앉은 친구를 쳐다보았다. 정신
적인 고통이 너무 커 신경도 못쓰고 있었는데, 그녀는 기압에 예민해
고도가 바뀔 때 마다 아파하며 눈물을 흘리고 있었다. 나는 친구가 걱
정되었고, 동시에 공황을 겪고 있는 나도 너무 서러워 친구를 안고 울
음을 터트렸다. 우리가 서로 껴안고 울고 있자, 놀란 승무원이 다가와
질문을 던졌다. "Is something wrong?" 우리는 해결할 수 없는 고통에
"I'm okay"를 서글프게 외쳤다.

　한 10분 정도 울었을까? 여전히 비행기 안이었지만, 마음이 한결 가
벼워졌다. 이후 우리는 잠을 들고자 양을 세기 시작했다. 시간이 지나

자 양을 세던 친구는 잠이 들었다. 나는 그녀와 반대로 양을 수없이 셌
지만 끝내 잠에 들지 못했다. 곤히 잠든 친구를 하염없이 바라보다 의
지할 곳이 없어진 나는 무의식적으로 핸드폰 메모장에 '사랑하는 가족
에게' 라고 편지를 쓰기 시작했다.

*'난 정말 긴긴 비행을 하고 있어요. 처음에는 이 공간이 밝아서 답답
하지 않고, 괜찮다고 생각했어요. 어둠이 날 삼키기 전에 말이예요. 조
금 전, 나는 눈을 감고 펑펑 울어버렸어요. 이 두려움과 내 마음속의
혼란이 지나가길 바라면서요. 이 따위 어둠과 그게 나에게 주는 수많
은 두려움들을 나는 이겨낼 거예요.'*

나는 여행을 마치고 글을 다시 보며 손발이 오글거리기도 했지만 공
황장애를 겪던 내가 비행기 안에서 고통의 순간을 참고 인내하는 모습
에서 대견함과 동시에 안쓰럽다는 감정을 느끼게 되었다.

홍콩에 도착하기 직전, 우리는 다른 비행기로 이동해 탑승 수속을
밟는 과정을 복습했다. 경험도 없고, 어른도 없었기에 오로지 우리는
성공적인 경유를 마음속에 담으며 비행기에서 내렸다. 게이트 밖으로
나와 다른 비행기 게이트로 이동을 하려 하는데, 입구에서 티켓이 잘
못된 것 같다며 출입이 불가능하다고 하였다.

여행 출발 전, 여러 번 확인했던 티켓을 자세히 보고 경악을 금치 못
했다. 분명 3시간 후 경유로 알고 있었는데, 무려 하루가 지나고 3시간
후에 경유로 적혀 있었다. 계산해보면 27시간 동안 공항에 있어야 하

는 상황인 것이다! 홍콩 비자가 없었던 우리는 공항 밖으로 나가지 못했고, 출발 5시간 전에는 탑승 수속을 밟지 못해 면세점 안으로 들어가지도 못하는 상황이 되었다. 무거운 짐을 이끌고, 플라스틱으로 된 차가운 공항 의자에 앉았다. 믿기지 않는 현실을 뒤로 하고, 우리는 젊음과 패기로 공항에서 노숙을 하기로 결정했다. 따뜻한 LA를 생각하고 얇은 남방을 입고 왔는데, 생각보다 추운 홍콩 날씨에 캐리어에서 얇은 옷을 꺼내 여러 겹 겹쳐 입었다.

　밤이 되자 우리가 앉은 공항 의자 주변으로 신원을 알 수 없는 외국인 아저씨들이 다가왔고, 그들은 의자 3개를 침대 삼아 발을 뻗고 누웠다. 우리는 혹시라도 누군가 짐을 훔쳐갈까 노심초사하며 경계를 풀지 못했고, 결국 한 사람 씩 돌아가며 쪽잠을 청하기로 했다. 뜬 눈으로 밤을 지새우고 한참이 지나고 나서야 태양이 떠올랐다. 공항에 직원들이 하나 둘 나타나기 시작하자 우리는 바로 창구로 달려가 안으로 들어갈 방법이 없는지 물었다. 그러자 시간이 되지 않아 못 들어간다는 말을 들었고, 'NO' 라는 두 글자가 머리속에 맴돌았다. 올 거 같지 않던 시간이 결국에 다가오고, 오전 7시에 우리는 따뜻한 게이트 안으로 들어왔다. 면세점에 안에 있는 식당에 들어가 구석에 앉아 밥을 먹으며, 두 번 다시 하기 싫은 노숙을 같이 이겨낸 그녀에게 심심한 위로를 건네었다. 극심한 추위를 버틴 탓일까? 우리는 콧물을 훌쩍댔고, 어이가 없는 상황에 실실 웃음이 났다. 그렇게 우리는 여행 시작도 전에 잊지 못할 경험을 하고, 경유라는 큰 산을 넘어 마침내 LA에 도착하게 되었다.

자유를 향한 갈망: 보드

대학교 1학년 때 친해진 친구는 보드타는 취미를 가지고 있었다. 나는 보드를 타는 친구의 모습에서 '자유라는 단어가 있다면 저런 모습일까?' 생각하게 되었고, '나도 한번 보드를 타보자' 마음을 먹었다. 추진력이 강했던 나는 바로 보드 판매 사이트에 들어갔고, 형광 연두색 몸체에 노란 바퀴를 단 보드에 반해 빠르게 구매를 하였다. 보드가 집에 도착하고 난 후, 당시 보드를 잘 타던 남자친구에게 부탁해 지하 주차장에서 일일 강습을 시작했다. 이후 나는 앞으로 나가고, 멈추기, 방향 전환하기 등 간단한 조작법을 익히게 되었다. 몇일간 유튜브를 보고 맹 연습을 하면서 점차 미국에서 자유롭게 보드를 타는 나의 모습을 상상하게 되었다. 생각보다 큰 보드를 보며 '무겁고, 큰 보드를 가져가는 게 정말 옳은 일일까?' 잠시 고민했다. 의구심에도 불구하고, 연습을 지속할수록 미국에서 진정한 '자유'를 느끼며 보드를 타고 싶은 마음이 보드의 무게보다 커지게 되었다. 그렇게 나는 이미 짐으로 가득 찬 캐리어에 짐을 밀고, 기어코 한 구석에 보드를 담았다.

LA에 첫 숙소에 도착하자마자 캐리어에서 보드를 꺼내 상태를 확인했다. 깨진 구석 하나 없이 있는 보드를 보고 꿈에 가까워진 느낌이 들었다. 다음 날 설레는 마음을 가지고 보드를 어깨에 맸고, 당당하게 집밖을 나섰다.

발을 세차게 구르다 3초 만에 땅에 발을 대는 순간, 나의 꿈은 멀어져 갔고, 앞으로 가지도 못하는 나에게 큰 실망을 하게 되었다. 생각보다 보드 타는 일은 운동이 될 정도로 체력 소모가 심했고, 땅은 고르지 않아 돌에 걸려 넘어지기 일수였다. 그럼에도 보드를 잘 탔던 친구는 바람을 갈라 빠르게 앞장섰고, 나는 그런 친구를 보며 '내가 객기를 부렸구나' 라는 생각을 했다. 그럼에도 미국까지 힘들게 가져온 보드를 멋있게 타보고 싶었기에 잘 타지 못해도, 계속 들고 다니며 기회가 있

을 때마다 탔고, 실력이 서서히 늘어갔다.

가장 많이 늘었을 때는 친구와 공원에 갔을 때였다. 미국의 공원은 넓고, 바닥이 매끄럽게 잘 정비되어 있어 보드를 타기 좋았다. 친구를 쫄랑 쫄랑 따라가다가 우리는 얕은 내리막 길을 마주했다. 친구는 나에게 한번 가보라며 응원했고, 나는 곧 망설이다 눈을 딱 감고, 발을 굴러 앞으로 나갔다. 3초면 발을 디뎠던 내가 10초 정도 가속도에 힘입어 나아갔고, 동영상을 찍어주던 친구는 환호성을 질렀다. 그리고 나는 그 순간이 내가 꿈꿔왔던 자유로운 모습이라고 생각했다.

집으로 돌아가는 여행 마지막 날, 나는 어느 정도 친구의 속도에 따라갈 수 있었고, 숙소 근처에 있는 바닷가에 가보려고 했다. 해가 지기 시작할 때쯤 눈앞에 저 멀리 바다가 보이기 시작했다. 붉게 물든 노을과 눈부신 바다는 숨 막힐 듯 아름다웠다. 그런 바다를 코 앞에 두고 정말 길고, 가파른 경사를 목격하게 되었다. 나는 이번 여행의 피날레로 눈부신 바다와 함께 이 곳을 내려가 보자라고 마음을 먹었다. 하나, 둘, 셋 깊게 심호흡을 하고 발을 굴렀다. 보드는 점차 속도가 빨라졌고, 주변 사람들 모두가 관심을 집중했다. 2/3정도 내려왔을 때 나는 성공했다는 생각과 뿌듯함에 웃었고, 그렇게 중심이 흐트러졌다. 흐트러진 중심을 다잡는 중에 앞에 얕게 파인 구덩이에 보드가 걸렸고, 나는 하늘을 향해 포물선을 그리며 날아가게 되었다. 반바지를 입었던 나는 무릎에서 피가 줄줄 나오고, 손은 아스팔트에 갈려 쓰라리었다. 주변 사람들이 다가왔고, 너무 부끄러워 그 자리를 빠르게 벗어났다. 고통은 그 장소를 벗어나자 시작되었고, 다친 몸을 보자 어이가 없어 웃음이 새어 나왔다. 그때 나는 피가 나는 몸을 보며 그런 생각이 들었다.

'참 나도 겁도 없지, 이렇게 먼 타국에서 '자유'라는 단어를 경험하려 겁도 없이 보드를 타다니 용기가 대단하다! 조금씩 타다 보니 결국 여기까지 도착했구나'

그렇게 여행을 다녀와 부러지지도 않는 보드는 미국 여행을 떠올리는 상징물이 되어 내 방에 전시되었다. 나는 일상이 지치고 힘들 때마다, 그 보드를 보았고, 무엇이든 할 수 있다는 위로를 받게 되었다.

충동적인 행동의 연속

- 첫번째 충동: 판도라 상자 -

우리는 LA에서 시간을 보낸 후, 1시간가량 비행기를 타고 라스베가스로 넘어갔다. 여행 전, 라스베가스에 대표 관광 명소인 그랜드 캐니언을 보기 위해 한국에서 미리 투어를 신청했었다. 투어 봉고차에 올라타 그랜드 캐니언에 도착하기 전까지 차안에 있는 한국 사람들과 말을 나누며 친해지게 되었고, 내 옆자리에 머리를 하얗게 탈색하고 선글라스를 쓴 그녀와 더욱 친해지게 되었다. 미국 교포 같은 그녀는 무언가 포스 있어 보였고, 그녀 만의 세계가 있는 것처럼 느껴졌다. 수다를 떨다 보니 금방 목적지에 도착하게 되었다. 차에서 내려 조금 걸어가자 숨막히는 절경이 눈앞에 펼쳐졌다. 까마득한 절벽 아래에 물이 흘러 골짜기를 형성했고, 자연의 위대함을 느끼게 되었다. 길고 긴 투어를 마치고, 가이드는 우리를 지정 장소에 내려주려 이동하고 있었다. 하나 둘 차에서 내리고, 가벼워진 차 안에는 탈색한 그녀와 나, 친구, 가이드 아저씨가 남게 되었다. 조금 먼 우리의 숙소까지 가던 중에 탈색녀가 말했다.

"저는 대마초 가게 앞에 내려주세요"

대마초가 합법이라는 사실을 몰랐던 나는 깜짝 놀라게 되었다. 그때 나는 미지의 판도라 상자가 달그락 거리며 요동치는 느낌을 받았고, 대마초를 피우면 어떤 느낌인지, 어떻게 사는건지 이것 저것 묻기 시작했다. 그녀는 알면 다친다면서 대답을 피했고, 차안에 정적이 찾아왔다. 그때 그녀가 정적을 깨기 위해 여행하면서 힘들 일은 없었는지 물었다. 나는 만난지 얼마 안된 그녀에게 공황 장애 때문에 비행기에 힘들었던 사건과 뚜벅이 여행을 하며 몸과 마음이 지쳤다고 말했다. 그러자 그녀는 나에게 물었다.

"대마초 피면 좀 나아질 텐데...이따 나랑 같이 사러 갈래요?"

그녀의 말에 나는 고삐를 풀고, 외쳤다. "그럴까요!" 마약이란 절대 손대선 안 되지만 '자유'를 극강으로 느낄 수 있다는 다큐를 본 터라 내 안의 이성의 끈이 풀려버리게 되었다. 그때, 가이드 아저씨가 다시 한번 신중하게 생각해보라고 말씀하셨고, 약간의 걱정을 덜고자 남자 친구에게 전화를 했다. "나 대마초 피울 기회가 있는데, 어떻게 할까?" 나의 어이없는 질문에 잠에서 깬 남자 친구는 몇 번 말리다가 계속 설득하는 나에게 말했다. "그럼 한번 해봐~" 나는 당연히 안된다며 노발대발할 줄 알았던 남자친구의 반응과 달라 당황하였고, "그럼 진짜 한다" 라는 무시무시한 말을 남기고 전화를 끊어버렸다. 나중에 남자친구에게 왜 그렇게 말을 했는지 물어보니, 하라고 하면 안 한다는 내 성격을 간파해한 말이었다고 한다.

친구는 이미 나를 포기하고, 알아서 하라고 했는데 묘한 두려움에 같이 하자고 냅다 말했다. 나에게 점점 설득 당했던 친구는 "너가 먼저 하고 괜찮으면 해볼게" 라는 어이없는 대답을 했다. 혼란스러운 상황 속에서 차는 계속해서 상점을 향해 움직였다. 나는 계속 고민을 하다 혹시 모를 문제에 대비해 네이버에 검색을 시도했다.

'대마초'-합법적인 주에서는 대마초 관련 행위가 합법일 수 있지만 한국 국적자가 한국에서 이러한 사실이 걸릴 경우 불법으로 형사 고발 될 수 있습니다.

무서운 글을 보자 흥분이 가라앉고 현실이 보였다. 나는 탈색녀에게 말했다. "저는 안 가는게 좋을 것 같네요" 그녀는 쿨하게 "그럼 그렇게 해요" 라고 대답했고, 그날의 사건은 그렇게 마무리 되었다. 여행을 갔다 와 친구를 만날 때면 그날 나를 필사적으로 말려주어 고맙다는 인사를 수없이 하게 되었다. 그때 만약 '대마초'를 했다면 나는 한국에 돌아오지도 못하고, 이 글을 쓸 수도 없을 테니 말이다.

- 두번째 충동: 라스베가스 쇼 -

라스베가스에 처음 도착해 숙소로 가는 길에 여러 사람들이 몸을 꺾어 나무 형상을 만든 서커스 전광판을 보았다. 궁금함에 검색을 해보니 라스베가스에 오면 꼭 봐야하는 3대 쇼인 카 쇼, 오 쇼, 르레브 쇼 중 하나였다. 한정된 예산으로 여행을 짜느라 10만원이 넘어가는 쇼를 본다는 것은 생각도 안하고 있었다. 그래도 여기까지 왔는데 안보는 건 말이 안 된다는 생각에 첫 쇼인 카 쇼를 예약하려 폰을 켰다. 잘 보이는 좌석은 너무 비싸 엄두조차 내지 못했고, 그나마 앞에서 3번째 복도 끝 쪽 자리를 예약하게 되었다.

쇼가 진행되기 전 벨라지오 호텔 앞에서 유명하다는 분수를 보게 되었다. 분수는 음악에 맞추어 춤을 추었고, 하늘을 향해 끝도 없이 솟구치는 물줄기는 웅장함을 넘어서 연출한 사람의 광기까지 느끼게 되었다. 넋 놓고 분수를 감상하다가 시간이 되어 벨라지오 호텔 안으로 들어왔다. 호텔 입구 천장에 보이는 유리 재질의 무수한 꽃들이 호텔의 가치를 높여주는 듯했다.

첫 쇼인 카 쇼를 보러 안에 들어왔을 때 사방을 둘러싼 나무 기둥을 보았다. 한국에서 쇼를 볼 때 앞에만 무대가 있었다면, 여긴 360도로 무대가 있는 셈이었다. 공연이 시작되자, 굉음과 함께 앞에서 불기둥이 솟구쳤고, 주변을 둘러싼 나무 기둥에서 사람들이 타잔처럼 밧줄을 타고 날아다니기 시작했다. 무대가 끝나고 나와 친구는 자리에 앉아 한동안 말을 잇지 못하고 긴 여운을 느끼고 있었다. 벨라지오 호텔에서 나왔을 때, 이런 경험은 정말 가치 있는 경험이라고 생각했다. 그리고 우리는 다시 못 올 수도 있는 라스베가스의 각종 쇼를 모두 보자고 결정했다.

그 중에서 커다란 수영장 안의 바닥이 위아래로 움직였던 오 쇼가 가장 기억에 남았다. 쇼의 초반부에 수영장 아래로 다이빙하던 사람들이 오랜 시간 물 속에서 나오지 않아 긴장감이 배가 되었다. 마지막으로 라스베가스에 또다른 명물인 여성 스트립 쇼를 보게 되었다. '남성보다 여성이 섹시하다' 라는 생각을 가지고 있던 친구를 따라 보았던 스트립 쇼는 정말 신선한 충격이었다.

여행 전 한국에서는 상상도 못했던 일들이 라스베가스에서는 너무나도 쉽게 일어나고 있었다. 여행 후, 코로나가 터지고 나서 이 쇼는 유튜브로 나오게 되었다. 유튜브 속 쇼를 다시 한번 보면서 그 때 느꼈던 생생한 현장감이 잘 느껴지지 않아 아쉽다고 생각했다. 그리고 부족한 예산이었지만 무리해서라도 쇼들을 보았던 행동이 옳았다고 생각했다.

- 세번째 충동: 우연한 카지노 경험 -

우리가 라스베가스에 갔을 때, 부족한 예산이지만 한번은 좋은 숙소에 머물러 보자는 생각이 있었다. 숙소를 찾다가 '세상에서 가장 무서운 놀이기구 3' 가 모여 있다는 스트레토스피어 호텔을 알게 되었다. 조금 비싼 가격에 걱정을 했지만, '한번 사는 인생, 좋은 경험은 값지다'는 생각으로 숙소를 예약하게 되었다.

저 멀리 있는 스트레토스피어 호텔을 향해 걸어가면서, 입구에 있는 값비싼 차 들에서 내리는 사람들이 보였다. 그들과 우리는 조금 달

랐지만, 우리는 당당하게 호텔 안으로 들어갔다. 호텔 안으로 들어가
보니 1층 전체가 카지노였고, 띠링 띠링 소리와 함께 다양한 표정을
하고 있는 사람들의 모습이 보였다. 마치 신문물을 접한 원숭이처럼
카지노를 지나 카운터로 향했다. 카운터에서 체크인을 하기 위해 여권
을 보여주고 이름을 말하는데 카운터 직원이 물어봤다. "How old are
you?" 우리는 당당하게 한국 나이로 20살을 말했다. 뒤에서 직원끼리
이야기를 하는데, 무언가 잘 못 되었나 하고 식은땀이 났다. 5분 정도
지났을 무렵, 직원이 우리를 객실로 안내해 주었다. 큰 일이 아니라 다
행이라 생각하며 직원을 따라갔다. 이때 객실 가는 길에 구두를 닦아
주는 한 남성을 보았다. 한 단 높은 의자에 앉아 구두를 닦고 있는 사
람을 보며 한국과 다른 문화에 새삼 놀랐었다.

객실에 들어왔을 때 미국의 미묘한 땀냄새 같은 향이 코 끝을 스쳤
다. 커튼을 열자 시내가 한눈에 보였고, 그렇게 높은 층의 객실은 아니
었지만 눈앞의 풍경에 행복감을 느꼈다. 우리는 설레는 마음으로 짐을
풀었고, 한 숨을 돌렸다.

잠시 휴식을 취한 후, 객실을 올라올 때 보았던 카지노를 하러 아래
층으로 내려갔다. 수많은 기계들 속에서 우리가 아는 기계는 많지 않
았다. 게임을 즐기는 사람들 틈에 섞여 그들을 바라보다가 한 번에 백
만 장자가 되는 사람을 목격했다.

그를 보자 알 수 없는 용기가 생겨났고, 그렇게 주변을 기웃거리다
눈에 익숙한 '777머신'에 다가갔다. 기계에 돈을 넣은 후 옆에 보이는
큰 봉을 잡아 내리면 그림 3개가 맞춰지고, 똑같은 그림이 나오면 당

첨이 되는 방식이었다. 돈이 별로 없었던 우리는 소심하게 1$만 넣어 보자고 했었다. (1$는 777게임을 한 번 할 수 있다.) 돈을 넣은 후 긴장 감에 함께 큰 봉을 잡고 내리자고 했고, 그렇게 우리는 돈을 잃게 되었 다. 돈을 잃은 것이 무색하게, 다시 해보면 성공할 것 같은 느낌이 들 었고, 나도 모르게 10$를 기계에 넣게 되었다. 나중에 이때의 일을 생 각해보니 한국에서는 도박에 중독되는 사람들이 이해가 되지 않았는 데, 내가 이러고 있다는 게 조금 어이가 없었다. 몇 번 봉을 내리자 넣 었던 10$도 거의 다 사용하고 마지막 1$만 남게 되었다. '이제 한 번 만 봉을 내리고 두 번 다시 하지 말아야지' 라고 생각할 무렵 '띠리리 링' 하며 숫자 두개가 맞춰지게 되었고, 다시 10$가 들어와 10번의 기 회가 주어지게 되었다.

이때 나는 멈추어야 했다. 사람 욕심이 무서운 게, 주변에서 당첨되 며 소리지르는 사람들을 보니 나도 당첨이 될 것만 같다는 희망이 생 겨났다. 그 희망의 결과는 STOP 버튼을 누르지 못하게 하였다. 10분 이 지났을 때, 돈은 다시 1$만 남게 되었고, 여기서 멈추지 않으면 기 존에 넣었던 1$를 잃게 되고 손해를 보는 것이었다. (지금은 큰돈이 아니지만 빠듯한 예산에 돈이 부족했던 우리는 모든 돈이 소중했다.) 다행히 정신을 차리고, STOP 버튼을 눌렀을 때 큰 기계에서 작은 티 켓이 미끄러지듯 나왔다. 처음에 장난을 하는건지, 사기를 당한 건지, 원래 카지노가 이런 건지 혼란스러웠다. 이윽고, 검색을 통해 창구에 가서 바꾸면 된다는 글을 읽었고, 우리의 시선은 창구를 향했다. 창구 는 감옥처럼 쇠창살로 둘러 쌓여 있는데, 위협으로 부터 자신을 보호하기 위해 설치해 놓은 것 같았다. 우리는 최대한 당당하게 걸어가 공손하게 말했다.

"Please exchange the money"

바로 돈으로 바꿔주는 걸로 알고 있었는데, 직원은 뒤에 있는 거대한 흑인경찰 두명에게 다가가 우리를 가리키며 쑥덕거렸다. 카운터 직원과 동일하게 창구 직원은 우리에게 또다시 물었다. "How old are you?" 우리는 어려 보여 물어본 줄 알고 "We're adults." 라고 답했다. 그러자 직원은 여권을 보여주라 요청을 했다. 나는 직감적으로 문제가 생겼다는 것을 알게 됐다. 가방에 여권이 있었지만 '객실에 여권을 두고 왔다'는 거짓말을 하고, 내가 이 호텔에 머물고 있으니 조금 있다 가져와 증명하겠다고 식은땀을 흘리며 말했다. 미심적은 눈빛으로 직원은 우리에게 1$를 주었고, 우리는 빠르게 그 장소를 벗어 났다. 나중에 알고 보니, 스트레토스피어 호텔은 21살부터 카지노를 할 수 있었다. 그런데 우리는 생일이 지나지 않아 20살이였고 카지노를 하면 안 되는 상황이었다. 이 사실을 알게 된 우리는 객실에 돌아와 놀란 가슴을 부여잡았고, 정말 여행을 와서 다양한 일을 겪은 우리의 모습에 한참을 웃었다. 그날 이후, 우리는 호텔을 체크 아웃을 하기 전까지 경찰을 피하는 도둑처럼 창구 주변을 피해 다녔다.

우연의 끝에서

이번 여행에서 가장 기대했던 '세상에서 가장 무서운 놀이기구 3'를 타는 순간이 다가왔다. 호텔의 3층에서 '놀이기구 3회+전망대' 티켓을 35$에 구입하고, 화살표를 따라 에스컬레이터를 타고 한 층 올라갔다. 한 층 올라가자 눈앞에 안내자 한 분과 엘리베이터가 있었고, 우리는 안내에 따라 전망대를 향해 갔다. 엘리베이터가 멈추고 '도착했나'라는 생각이 무색하게, 또다른 엘리베이터를 타고 끝도 없이 올라가게 되었다. 110층에 도달했을 때, 고도가 높아 귀가 먹먹하다는 느낌을 받게 되었다.

엘리베이터에서 내려 3걸음 정도 걸었을까? 360도 통유리로 둘러쌓인 큰 라운지가 나왔다. 사방을 돌아보면 수없이 반짝이는 밤하늘의 별들이 땅으로 내려와 발 밑에 은하수가 펼쳐진 듯한 도심이 눈앞에 펼쳐졌다. 땅에서 270m 올라온 세상은 너무 아름다웠고, 처음 보는 풍경에 말을 잃게 되었다. 정신을 차리고, 풍경에서 실내로 시선을 옮기자 큰 라운지 한가운데에는 '프라이빗 파티'가 열리고 있었고, 호기심에 그 속을 바라보게 되었다. 문을 지키고 있는 가드사이로 반짝이는 드레스를 입고 우아하게 웃고 있는 사람들이 보였다. 그들을 바라보며 생각했다.

'나도 십년 후 다시 이곳에 오면 저들처럼 살아야지'

정신을 차리고 110층 전망대에서 문을 열고 밖으로 나왔다. 눈앞에는 4개의 커다란 포크레인 집게발 위에 사람이 앉아 빠르게 돌고 있는

Insanity가 보였다. 포크레인 팔이 점점 들려 땅을 바라본 채로 돌아가는 것이었다! 다리가 덜덜 떨리고, 한국에서 T-익스프레스도 안타봤던 내가 세상에서 가장 무서운 놀이기구를 탄다는 것이 말이 안 되는 상황이었다. 생각보다 시간은 빠르게 흘러 내 순서가 찾아왔고, 진퇴양난의 상황 속에서 두 눈을 질끈 감고 의자에 앉았다. Insanity는 점점 빠르게 돌아갔고, 원심력에 두 다리가 공중에 흩날렸다. 어지러워 눈을 떴을 때, 300m아래의 라스베가스가 보였고, 공포심을 지나 아름다운 도시 풍경에 숨이 턱 막혔다. 놀이기구에서 내렸을 때, 약간 무서웠지만 마음 속에 재밌다는 감정이 스멀스멀 생겨나고 있었다.

우리는 바로 X-scream을 타러 갔다. X-scream은 단 8명만 탈수 있는 열차형 놀이기구이다. 레일이 310m 공중에 있고, 구간이 매우 짧다. 앞, 뒤로 움직이며 앞으로 갈 때 땅에 꽂히는 듯한 스릴을 준다. 우리는 독일 사람들과 함께 총 4명이서 탔는데, 맨 앞에 타자는 친구를 말려 두번째 자리에 타게 되었다. 열차가 땅으로 기울어지고, 앞에 레일이 보이지 않았을 때 설렘과 동시에 손잡이를 잡은 손에서 땀이 났다. 조금 후, X-scream에 내렸을 때 놀이기구 타는 것이 전혀 무섭지 않고, 오히려 즐겁다고 느끼게 되었다.

흥분이 최고조 상태일 때, 세상에서 가장 무섭다는 Big Shot을 마주했다. Big Shot은 자이로드롭 또는 번지드롭이 남산타워 위에 있다고 생각하면 된다. 다른 놀이기구 보다 한 층 위에 있었던 Big Shot은 112층의 높이였고, 그 위에서 약 72.7Km/h로 330m까지 올라갔다 내려오는 놀이기구였다. 밤바람이 심해 윙윙 소리가 효과음으로 깔렸고, 추운 날씨에 운행을 하지 못할 수 있는 절체절명의 상황이었다. 이전에 세상에서 가장 무서운 놀이기구 2개를 정복했던 우리는 무서울 것이 없었고, 많이 흥분해 있었다. 추운 날씨에 다들 안으로 들어갔는데, 설렘에 추위도 잊은 채 밖에서 Big Shot을 바라보며 바람이 잦아들기를 기다렸다. 우리와 함께 밖에 있던 흑인들도 같이 신나 소리를 질렀다.

바람이 잦아들고, 우리는 Big Shot 의자에 올랐다. 지금까진 재미있었지만 이전과 다르게 가장 무섭다는 놀이기구를 탔을 때 긴장감은 내가 생각한 상상을 초월했었다. 그때 카운트 다운이 시작되었다.

"3..2..1.. Big Shot!!!"

정말 미친 속도였다. 하늘에서 누가 진공 청소기로 나를 빨아들이는 느낌이 들었고, 육체와 영혼이 분리되었다고 착각이 들 정도였다. 나는 하늘로 올라가면서 눈을 감지도 뜨지도 못했고, 순식간에 내가 처음 경험해본 높이인 330m에 도달했다. 가장 높은 곳에서 떨어지기 3초전, 중력에서 벗어난 내 몸이 둥실 떠오르며 자유로웠던 그 순간, 나는 눈을 떴다.

숨 막혔다. 눈앞의 멋진 풍경이

너무 아름다워서 믿기지 않았다. 하늘과 땅 사이, 그 누구도 방해하지 않고, 온전히 나였던 행복한 순간이었다. 주변에 나의 시야를 가로막는 건 아무것도 없었고, 은하수처럼 펼쳐진 도심 속 불빛들이 사방으로 뻗어 나가 수평선에 다다랐다. 여행을 떠나기 전 나는 답답한 일상에 벗어나 '자유'를 느끼고 싶었다. 작게만 느껴지던 세상에서 벗어나 돌을 던졌던 그때부터 지금 이 순간이 오기까지, 수많은 우연들이 떠올랐다. 우연이 쌓여 도착한 세상의 끝에서 그토록 원하던 '자유'를 찾았던 순간이었다.

지금의 나는

여행을 마치고 돌아온 후, 현재 나는 대학교 졸업을 앞두고 있다. 그때 맛보았던 '자유'가 너무 강렬한 탓인지, 나는 3년이 지난 오늘까지 박찬호처럼 미국 이야기를 하고 있다. 남들은 지겹다 할 정도로 모든 일상에서 그때의 추억이 생각났고, 한편으론 '그때의 자유를 다시 한 번 경험할 수 있을까?' 걱정을 하던 나날도 있었다. 그러나 지금 다시 그때의 '자유'를 떠올려 보면, 내가 자유를 만끽하기 전까지 겪었던 수많은 에피소드들 덕분에 '자유'라는 단어가 더 빛난다는 것을 깨닫게 되었다.

앞으로의 삶에서 언제 다시 그때의 '자유'를 느낄 수 있을지 모르겠지만, 언젠가 다시 만날 '자유'를 위해 오늘도 열심히 인생을 살아가려 한다.

자유가 느껴질 정도로 가슴을 크게 벌리고 들숨을 쉬어 보자!

초면이지만, 실례하겠습니다

발행 2022년 3월 1일

지은이 김국화, 김한솔, 박정인, 센, 손소연, 이유경, 이윤주, 장윤정

라이팅리더 현해원

디자인 윤소정

펴낸이 정원우

펴낸곳 글ego

출판등록 2019.06.21 (제2019-000227호)

주소 서울특별시 강남구 테헤란로216, 12층 A40호

이메일 writing4ego@gmail.com

홈페이지 http://egowriting.com

인스타그램 @egowriting

ISBN 979-11-6666-132-7